Na Mesa

Revisão Ivete Walty e Liliane Corrêa
Supervisão Alencar Fráguas Perdigão
Coordenação Editorial Luciana Tanure
Assistência Editorial Sofia Rossi
Projeto gráfico e diagramação Rec Design
Ilustrações Rec Design
Comercial Cláudia Masini
Tecnologia de Informação Alessandro Guerra

Esse livro foi realizado com o apoio da Secult – Secretaria de Estado da Cultura e Turismo de Minas Gerais com os recursos da Lei Aldir Blanc

Dados Internacionais de Catalogação na Publicação (CIP)
(Câmara Brasileira do Livro, SP, Brasil)

Lara, Mauricio
Na Mesa / Mauricio Lara. -- 1. ed. -- Belo Horizonte, MG : Quixote Do, 2021.

ISBN 978-65-86942-22-4

1. Amizade 2. COVID-19 - Pandemia 3. Ficção brasileira I. Título.

21-66155 CDD-B869.3

Índices para catálogo sistemático:

1. Ficção : Literatura brasileira B869.3

Aline Graziele Benitez - Bibliotecária - CRB-1/3129

Quixote+Do Editoras Associadas
Rua Alagoas, 1.270 – Sala 304 | Savassi
30.130-168 | Belo Horizonte | MG
editoraquixote@gmail.com | (31) 3141-1256

FSC
www.fsc.org
MISTO
Papel proveniente de fontes responsáveis
FSC® C092828

Na Mesa

Maurício Lara

Quixote + Do
EDITORAS ASSOCIADAS

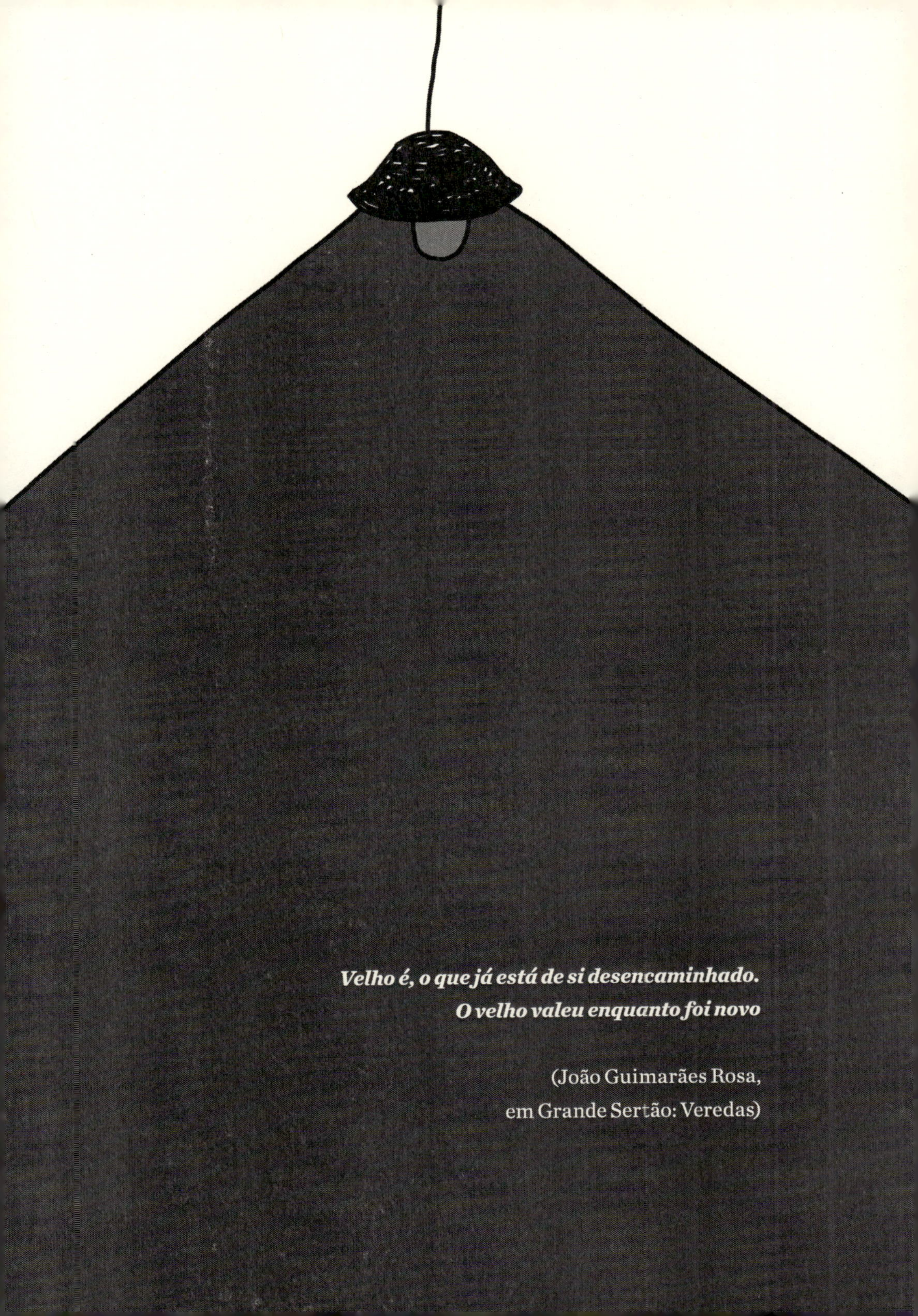

Velho é, o que já está de si desencaminhado.
O velho valeu enquanto foi novo

(João Guimarães Rosa,
em Grande Sertão: Veredas)

Para
meus companheiros do "Mundinho":
Hermínio, Marquinho, Renato e Toninho

1

O melhor lugar para a mesa ficar é aqui, encostada na parede. A sala é pequena, não dá para usar com as quatro cadeiras. Como ela é retangular, ficam duas nas cabeceiras e uma terceira na lateral. A outra fica aí, para qualquer eventualidade. Como somos só dois, não vai fazer muita diferença. E nestes tempos de isolamento social, é pouco provável que a gente receba visitas. É verdade, ninguém virá aqui. Somos dois solitários, membros do grupo de risco. Dois velhos a dividir a solidão na quarentena, um olhando para a cara do outro, um olhando para o olhar do outro. Como assim? Sei lá. Não faço ideia do que isso significa. Só sei que vamos ficar muito tempo aqui, reclusos. Uma pandemia não é brincadeira.

Foi muito bom você ter trazido a mesa. Nem despesa tivemos. Aproveitei o carreto e veio tudo junto: a minha cama, o criado-mudo, a mesa, minhas roupas, meu computador e umas vasilhas para reforçar os equipamentos da cozinha. Pois é! Enquanto era só eu morando aqui, dava para me virar. Eu podia comer naquela bancadinha que tem na cozinha, sentado num tamborete. Sendo dois, precisamos da mesa. E nada além disso. Na nossa idade, quanto menos melhor, porque a vida está muito mais do lado de dentro do que fora. É para rir ou para chorar? A vida do lado de dentro torna-se mais importante quando a de fora fica mais difícil de alcançar, de aproveitar. Você ri, né? Não tem graça. Por isso velho é calado. Você acha que velho fica em silêncio porque não tem o que dizer ou por que não dão atenção a ele? Velho é calado porque acha que não vale mais a pena falar. Não vai mudar o mundo, não vai mudar a família, não vai mudar nada. O protagonismo não é mais dele.

Ainda não agradeci por você ter me acolhido. Estava sem alternativa. O apartamento é pequeno e modesto, nesse bairro de periferia. Era mais do que suficiente para mim e dá tranquilamente para abrigar mais uma pessoa. Cada um em seu quarto, os afazeres divididos. Para mim está ótimo. Vou ter aqui muito mais espaço do que teria na minha casa para fugir desse coronavírus. Minhas filhas queriam que eu ficasse em um quartinho nos fundos da casa. O argumento era que precisavam me afastar do contato delas, do meu genro e das crianças para ficar protegido. Eu sei que isso é verdade e que o isolamento é necessário, porque estou em idade de risco. Mas, quer saber, eu ia ficar era confinado, quase na clausura. Na prática, não é afastar-se do contato, é do convívio.

A casa em que eu vivi até agora é simples, mas é grande, tem quatro quartos. Moram lá uma filha casada com dois filhos e uma separada com um menino. Elas foram retornando depois que fiquei viúvo, morando sozinho. A volta delas me fez feliz. A casa ficou cheia de vida e tinha espaço para todo mundo. Agora, essa pandemia mudou tudo. As crianças estão sem aulas, mas os adultos saem para trabalhar todos os dias. Uma trabalha em supermercado, a outra é balconista de farmácia, como eu fui até me aposentar, e o marido dela é taxista. Quer dizer, os três têm contato com muita gente todos os dias. A chance de trazerem o vírus para casa é realmente grande. Ou eu ia para o quartinho e ficava confinado, ou arranjava outro lugar para morar. Aí me lembrei do dia em que nos encontramos por acaso, no centro da cidade. Sabendo que você estava morando sozinho, pensei: 'quem sabe seria uma boa eu ir para lá. Um faria companhia ao outro'. Demorei a tomar coragem até ligar. Tinha medo de você não receber bem a ideia. Que bobagem! Quando você ficou rodeando para falar, eu entendi e gostei da ideia. Além de companhia, vou ter com quem dividir as despesas.

Estava aqui há seis meses, sozinho. O apartamento é meu. Foi meu primeiro imóvel. Quando o inquilino mudou, vi a oportunidade. Não tenho mais a saúde perfeita, mas estou em plenas condições de cuidar de mim. E, quer saber, não aguentava mais viver com a minha mulher. Eu ficava isolado na minha própria casa, era sempre pandemia. Passei a ser o bobo, o inconveniente, o desastrado, aquele cuja opinião ninguém quer ouvir. Era como se minha mulher e minha filha tivessem se unido contra mim. Agora ficam lá, sozinhas, mas acho que não se arrependeram de me deixar vir embora. Para mim foi muito bom. Aqui ninguém me aborrece. Elas agiam assim mesmo, de propósito? Isso não era injusto? Claro que era injusto, mas não posso me eximir de culpa. Sei que virei um velho chato, sistemático. Por exemplo, não gosto de nada fora do lugar e reclamava o tempo todo que minha neta deixava os brinquedos espalhados e minha filha não recolhia. Queixava porque minha mulher não guardava mais minhas roupas como eu gostava. Enfiava dentro das gavetas e pronto.

De que você está rindo? É sério. Estou rindo porque entendi o recado. Pode ficar tranquilo que eu não vou deixar meus brinquedos espalhados pelo apartamento. Deixa comigo. O que eu desarrumar, arrumo imediatamente. Vamos combinar uma rotina de limpar banheiro, varrer o chão, lavar vasilhas. Minha sugestão é que cada um cuida de sua própria roupa, tanto a de vestir quanto a de cama, e do seu banheiro. A gente divide as tarefas naquilo que for comum aos dois, está bem assim? Combinados. Mas, voltando ao assunto, eu senti que estava ficando sem espaço naquela casa e, aos poucos, fui tomando consciência de que meu amor por aquela mulher tinha se acabado há tempos. E sabia que ela também mal me tolerava. Penso até que nós passamos a nos odiar. Por isso eu criava tanto caso, por isso ela não cuidava mais de nada meu. Passou a agir como se eu não existisse. Pior, eu era um estorvo na vida dela. Tanto que ela nem retrucou quando anunciei minha intenção de morar sozinho neste apartamento.

Sabe que não usei a palavra separação? Só avisei que estava indo embora. Passei 21 anos com ela. Tivemos uma filha logo no início do casamento e, com a chegada da netinha, há dois anos, pensei que o ambiente poderia até melhorar. Nem briguei por minha filha ter engravidado e levado a menina para a nossa casa. Mas tudo só piorou. Não tinha mais jeito. Aquela mulher é insuportável e eu também fiquei chato. Paciência. É a vida. Na prática, o que aconteceu é que saí do isolamento em casa, com a família, para me isolar aqui, em paz. Agora você vai ter companhia e pode não gostar. Sei que vou gostar. Temos a mesma idade, somos dois velhos de 70 anos. Olha como é curioso: nascemos em um ano “redondo”, 1950, e quando nos reencontramos, temos uma idade também “redonda”, no ano de 2020. Não sei se essas coincidências querem dizer alguma coisa, mas aqui estamos, depois de décadas sem conviver um com o outro. Você viveu sua vida e pouco sei dela. Eu vivi minha vida e você pouco sabe dela. Pois é, quis o destino que a gente se reencontrasse, na rua, às vésperas de uma pandemia. Sequer imaginávamos que seríamos encantoados por um vírus. Isso será para rir ou para chorar? Vai saber!

Nem podemos sair de casa. Essa sala e essa mesa vão ser nosso quartel general. Daqui não temos como olhar o mundo, a não ser pela televisão e pela internet. Mas temos a chance de olhar para dentro de nós mesmos. Vou poder contar minha vida sem precisar escrever um livro, isso é engraçado. Tenho de reconhecer que uma existência comum igual a minha não daria um bom enredo. Muito menos a minha. Nem quando brincávamos que éramos os três mosqueteiros, lá na adolescência, lembra? Queríamos fazer coisas grandiosas, heroicas, mas nunca fizemos nada. É mesmo. O nosso terceiro mosqueteiro, o Pedro Paulo, que era Pepe e também Porthos, até que fez algumas coisas. Há muitos anos que não o vejo, mas soube que ele enveredou pelo sindicalismo e andou dando trabalho para autoridades. Poxa, Custódio, você foi no fundo do baú agora. Mas, aqui, neste confinamento vamos ter tempo de lembrar de muita coisa, concorda? Concordo, sim. Estou pensando no Pepe. Sempre foi grandalhão, vaidoso, indiscreto. Um cara de pau. Tinha as mesmas características do Porthos. E, aqui pra nós, sempre foi muito falador e pouco realizador. Nunca achei que ele fosse muito inteligente. Puta merda, ainda bem que sou eu que estou aqui com você e não ele. Porque, senão, eu que estaria sendo mal falado agora. Não estou falando mal dele, só lembrando do cara, nosso amigo.

Quer que eu fale de você, Vicente? Era o nosso Aramis. Sempre cordial, doce no tratamento, gostava muito de ler e de rezar. Não te perguntei se você ainda frequenta muito a igreja. Você chegou a confidenciar, em uma noite de boteco, que gostaria de entrar para um seminário. Foi engraçado, todos rimos. Ser frade era o sonho do mosqueteiro Aramis. Lembra como nos divertíamos quando comentávamos o romance? Combinamos de todos lerem, para que, juntos, pudéssemos imaginar as aventuras que viveríamos ali, na esquina do bairro, em noites sem ter o que fazer. Era muito divertido. Lembro também que você lia até bula de remédio. Deve ser por isso que foi trabalhar em farmácia. É, pode ser mesmo. Atender na farmácia do bairro foi o primeiro emprego que apareceu para mim. Como, de fato, lia até bula, como você diz, eu me dei bem trabalhando atrás do balcão da drogaria. Aprendi rapidamente o nome dos medicamentos e para o que eles serviam. Nunca estudei, mas já dei muita receita. Outra coisa, sempre tive paciência para ouvir os desabafos dos outros viventes. No balcão da farmácia apareciam muitas histórias. Eu sempre soube que, muitas vezes, o que procuravam, de verdade, era remédio para as dores da alma. Mas levavam pílulas para dormir ou para enxaqueca. É a vida.

Agora fale você de mim. Porque eu era o Athos? Nunca vi tanta coincidência entre os três amigos e os três mosqueteiros. Você era o próprio Athos, como descrito no romance de Alexandre Dumas. Sempre foi valente e altivo, com porte de gente nobre. Você era, e ainda é, eu acho, uma cara austero, meio fidalgo, mas também silencioso, reservado, calmo e muito cortês. Nasceu para ser um grande senhor. Ah, tem graça, dizer que eu nasci para ser um grande senhor. Não é nada disso. Eu tenho uma razão objetiva para ter sido sempre reservado e silencioso. Desde pequeno tenho esse problema na fala, pareço uma criança falando, mesmo a voz tendo engrossado naturalmente. Engulo letras, não consigo pronunciar direito todas as palavras. Minha fala soa meio infantil. Então, aprendi a ouvir mais do que falar, pela simples razão de não ter alternativa. Dou a impressão de que sou reservado, tímido. Sou nada, sou é cuidadoso, para não ficar chamando a atenção com essa voz falhada, dificultosa. E quis o destino que eu fosse ser barbeiro. Eu me dei bem na profissão. Comecei como aprendiz, conheci depressa todos os segredos de um bom corte, como você conheceu os medicamentos. Não demorei a montar minha própria barbearia e não posso me queixar, ganhei dinheiro, comprei imóveis, vivi relativamente bem e, se quer saber, tenho minhas reservas. Só que nunca expressei o estereótipo do barbeiro que fala sem parar, que comenta os fatos do dia, que puxa assunto até descobrir sobre o que o cliente gosta de falar, se de mulher, de futebol, de política... Ao contrário, fui sempre um barbeiro silencioso e, sendo assim, abri espaço para as pessoas falarem. Como você, ouvi muitas histórias enquanto manuseava a tesoura, o pente e a navalha. Eu ouvi manuseando as caixas de medicamentos.

Noto que há uma diferença fundamental: você, como barbeiro, ouvia histórias masculinas; eu, como balconista de farmácia, ouvia mais histórias femininas. Você sabe de homens, eu sei de mulheres. Não é bem assim. Você pode saber mais histórias, mas de mulher eu entendo mais. Não se esqueça que você sempre foi um rezador, enquanto eu fui mais um pecador. Se bem que, pensando bem, eu não entendo nada de mulheres, senão não teria me dado mal tantas vezes. Não sabia desse seu lado fracassado, sempre achei que você foi bem-sucedido com as mulheres. Depende do que você entende por sucesso. Tive mulheres, eu sei, mas será que isso significa sucesso? Depende do ponto de vista. Ou depende em que deu cada história. Puta merda! Você agora me colocou para pensar, não apenas no que se refere às mulheres, mas em um sentido geral: o que é ser bem-sucedido?

Mas não sei se é hora de resolver isso. Temos a quarentena inteira para pensar e bem sabemos que essa merda vai demorar muito tempo. Além disso, temos providências práticas a tomar. É preciso ver como está a despensa e providenciar as compras. Minha sugestão é que a gente procure sair apenas uma vez por semana para as compras. Cada vez um vai. Sempre usando máscara e tomando muito cuidado para não ser contaminado. Se o vírus pega um, os dois estão lascados. Aqui é periferia, mas tem tudo que a gente precisa bem perto. Açougue, supermercado, farmácia. A gente faz a lista e um dos dois vai lá. Nada de ficar na esquina batendo papo, como todo velho gosta. Muito menos ficar olhando as moças passando ou jogando galanteios para as meninas que trabalham nos lugares. É fazer as compras e voltar logo. Estamos combinados.

2

Você não vai acreditar. Aconteceu outra coincidência incrível. Depois de anos e anos, o Pepe mandou uma mensagem para mim. Encontrou meu contato em rede social. Ficou muito surpreso ao saber que nós dois estamos juntos aqui. Ele não sabia que eu tinha saído de casa e nem que você ficara viúvo. Brinquei com ele na resposta: Pepe, o Porthos de Os Três Mosqueteiros. Ele morreu de rir, lembrando das nossas brincadeiras. Disse que vem nos visitar. Argumentei que ele não podia fazer isso, que nós três estamos em situação de risco. Ele não cedeu. Garantiu que também está isolado com a esposa, quieto em casa, e que vem de carro, portanto, sem ter contato com ninguém. Avisou que vai trazer álcool em gel para ir limpando tudo que tocar no caminho. Então, ele vem mesmo. Vem? Não marcou dia e hora, mas falei que isso não é importante, porque não vamos sair mesmo. Parece que vamos ter de usar o terceiro lugar na mesa.

Desde que falei com o Custódio tenho pensado nas circunstâncias que permitiram esse nosso reencontro. Estávamos mais perto do que podíamos imaginar. Do meu bairro até aqui é um pulo, quase dá para vir a pé. Cheguei em minutos. Não falei com ninguém no caminho, só desci do carro aqui na porta do prédio. Mesmo assim, vamos tomar algumas precauções. Afastei a terceira cadeira da mesa para que você fique a dois metros de distância da gente. Vicente e eu ficamos nas cabeceiras, onde temos lugar fixo. Assim, poderemos conversar sem riscos. Temos cerveja. Você pode usar a nossa quarta cadeira para colocar o copo. Está ótimo assim. E não se preocupem. Eu trouxe meu copo e meu pratinho para algum tira-gosto. Não vou deixar nada para vocês lavarem.

Minha mulher aprovou a minha vinda até aqui. Recomendou muito que não houvesse abraços e nem apertos de mão. Ficou surpresa com a coincidência desse encontro em meio a uma pandemia. Ela é a mesma com quem você se casou ainda na juventude? É, é a mesma. Sempre fui casado com ela. E vocês? Eu também só casei uma vez. Estou viúvo há 6 anos. Não pensou em casar novamente? Pensei, mas não levei a ideia adiante. Reencontrei uma namorada da juventude que também tinha ficado viúva. Cogitamos de morar juntos, mas ela acabou se mudando para o interior, onde vivem os filhos dela. Voltei a ficar só. Tive alguns casos, mas nada sério. De minha parte, foi tudo bem diferente. Meu primeiro casamento durou 21 anos. Separei e fiquei um tempo sozinho. Casei de novo e lá se foram outros 21 anos. Já contei ao Vicente que há seis meses vim morar aqui, sozinho, livre, leve e solto.

E sobre filhos? Eu tive dois do primeiro casamento e uma do segundo. Esses dois moram em outra cidade e tenho pouco contato com eles. Ficaram mais ligados à mãe, foram solidários a ela na separação e se afastaram. A filha do segundo casamento morava comigo e agora ficou com a mãe. Elas são cúmplices. Tenho quatro netos e só convivo com a terceira, filha dessa menina mais nova. Já eu tive duas filhas, que me deram três netos. Vivia com eles até começar essa pandemia, que mexeu tanto em nossas vidas. Para não ficar enfiado num quartinho nos fundos da casa, vim morar com o Custódio. O curioso é que tinha encontrado com ele por puro acaso uns poucos dias antes de começar essa confusão. E você, Pepe, não teve filhos? Tive, sim. Um só. Mas ele morreu ainda criança, aos 9 anos.

Não precisam ficar constrangidos. Posso falar do assunto. Já faz muito tempo. Ele ia sozinho para a escola. Era um menino alegre, cheio de vida, mas muito distraído. Atravessou a rua sem olhar e foi atropelado. Não era falta de a gente recomendar que tivesse cuidado. Foi um golpe na minha vida e na da minha mulher. Perder o único filho não é fácil. O trauma foi tão grande que nunca mais pensamos em ter outra criança. Decidimos que ficaríamos os dois e, acreditem, vivemos até hoje na mesma casa, no mesmo bairro, com praticamente os mesmos móveis. Nossa vida parou ali, na morte do menino. Vamos falar de coisas boas. Precisamos celebrar nosso reencontro. Um brinde, sem encostar os copos, hehehehe. Olhem para nós, estamos bem. Nenhum é obeso, nenhum tem deficiência física, nenhum, pelo que percebo, tem doença grave. De minha parte, sou hipertenso, mas tomo minha cervejinha. Eu sou diabético, tomo remédio, mas não deixo de beber meu álcool, que ninguém é de ferro. E você, Pepe? Também sou hipertenso, mas fazia muita caminhada por aí até começar o isolamento e rego minha vida com a abençoada cervejinha. E, quando dá, uma pinguinha.

Temos mais coisas em comum além de gostar de cerveja e pinga boa. Somos todos torcedores do Galo, nosso glorioso Atlético Mineiro. Vamos fazer outro brinde ao Galão. Pena que durante essa confusão que estamos vivendo os jogos tenham sido suspensos. A gente poderia ir juntos ao estádio torcer para nosso time, como fazíamos na juventude. A gente ia na Geral, lembra, por absoluta falta de dinheiro. Pois é, temos também em comum a origem humilde. Três meninos de periferia, os três nascidos em 1950 e moradores do mesmo bairro. Aliás, vocês lembram que, além de nascer em ano redondo, conhecemos uns aos outros em 1960, aos 10 anos? Tudo redondo. Lembro, sim. E ficamos inseparáveis, havia muita identidade. Começou com as peladas nos campinhos de terreno baldio, ou nas ruas de terra do bairro. Lembro bem quando adotaram o horário de verão, em 1963. Tínhamos 13 anos. A peladinha rendia até altas horas, porque demorava a escurecer. Eu já trabalhava naquela época e voltava correndo do centro da cidade a tempo de entrar no jogo. Época boa, aquela. Tínhamos casa, comida e roupa lavada, mas nenhum dinheiro. E nem precisava.

O bom é que a gente vivia solto. Não havia restrições, nenhuma preocupação com segurança. Belo Horizonte era uma cidade em que estava começando o boom de crescimento e desenvolvimento, quer dizer, ainda era bucólica, muito aprazível. Isso para vocês. Para quem chegou do interior, como eu, era uma grande e assustadora metrópole. Eu passei a morar na Capital justamente aos 10 anos. Quando conheci vocês, era bobo, aquele que chegara da roça. Vocês eram meninos da Capital. Riam de mim. Mas você não se intimidou, foi em frente, fez amigos. Não tenho queixas, tudo fez parte do meu aprendizado. E, querem saber, nunca perdi minha alma de menino do interior. Minha raiz está bem fincada naquela cidadezinha, mesmo que eu nunca tenha mantido muitos laços com ela.

Ter 70 anos e estar aqui conversando com dois outros septuagenários é muito interessante. Essas lembranças não interessariam a meus filhos ou netos, mas fazem sentido para vocês, porque fazem parte da vida de cada um. E não apenas no tempo em que convivemos. Em todas essas décadas em que não estávamos próximos, vivemos épocas semelhantes, mudanças da sociedade, avanços tecnológicos. Ou seja, viemos navegando em barcos separados, mas no mesmo mar. Estávamos por aí, tanto nas águas mansas quando nas revoltas e nas tempestades. Muito do que eu vivi, vocês também viveram. Olha que legal!

Vamos a um exemplo. Antes de sermos amigos, houve fatos históricos importantes de que fomos testemunhas. O primeiro deles talvez tenha sido o suicídio de Getúlio Vargas, em 1954. Não tenho lembrança disso e penso que talvez vocês também não. Eu tenho alguma, não sei se do fato ou dos comentários nos anos seguintes. A morte de um presidente abalou o país. Nossas famílias devem ter sentido o golpe e isso, com certeza, respingou naqueles meninos de quatro anos. Mas o fato seguinte eu lembro, a conquista da Copa de 1958. Ah, esse mexeu com todos nós. Lembro da família reunida em torno do rádio e da emoção a cada gol. Na minha cidade, um bar colocou um alto-falante voltado para a praça e a comunidade se amontoava para ouvir os jogos. Era uma festa. Pois eu vou mais longe. Posso repetir até hoje a escalação da seleção. Querem saber o time que disputou a final contra a Suécia? Gilmar, Djalma Santos, Orlando, Bellini e Nilton Santos; Zito e Didi; Garrincha, Pelé, Vavá e Zagallo. Palmas, foi isso mesmo. Depois, em 1962, houve o drama da contusão de Pelé. O país todo ficou alarmado, Garrincha assumiu o protagonismo. Foi maravilhoso. Foi mesmo. Vamos lá, uma salva de palmas para as seleções de 1958 e 1962. Viva! Vamos abrir mais uma cerveja, meus amigos. Uma pena que sem poder nos abraçar e gritar: gol!

Na Copa de 1962, já éramos amigos, jogávamos bola juntos, acompanhávamos o futebol. Formávamos uma trinca. Ou melhor, tem aqui mais um personagem que foi muito importante. Zé Humberto, o nosso d'Artagnan, por essa época, já fazia parte do grupo. Não, ele entrou um pouco depois, em 1963, eu acho. Era um pouco mais novo do que nós. Você tem razão. Era o próprio d'Artagnan, impetuoso, sonhador. Fazia um esforço danado para conviver com a gente de igual para igual. Quando a gente falava das mocinhas, por exemplo, ele tentava participar, mas era muito criança se comparado conosco. Agora, que bom coração tinha o Zé Humberto. Era generoso, tudo que era dele era nosso também, sabia dividir. Era leal e destemido. Até no futebol mostrava isso, quando dividia a bolas com coragem e, às vezes, se machucava, mas nunca pretendia machucar o adversário. Grande cara, aquele d'Artagnan. Pena que tenha se matado tão moço, com pouco mais de 20 anos.

Espera aí? Como assim? Quem disse que ele se matou? Ora, essa a informação que eu tenho, desde que chegou a notícia. O que você sabe? Que ele tinha se mudado para o Rio, estudou Jornalismo e trabalhava em um jornal importante. Não chegou a se casar. Meteu-se em alguma complicação, talvez por causa de mulher ou de dívida, e acabou se enforcando. Puta merda! Quanta ingenuidade. Nosso d'Artagnan foi assassinado pela repressão no tempo da ditadura militar. Vocês juram que não sabiam disso? Não, eu não sabia. Você sabia, Vicente? O que sempre acreditei é que ele se matou. Nossa, vamos ter que conversar muito sobre esse tempo, talvez um dos mais importantes da nossa juventude e, pelo que estou percebendo, vocês não sabem de nada. Como vocês aceitam uma informação sobre esse tal "suicídio" do Zé Humberto sem questionar? Ele nunca foi depressivo, amava a vida, era cheio de energia e de sonhos. É um cara que jamais se mataria. Que merda!

Vamos falar de coisa boa. Estávamos na Copa de 1962. Vocês não querem falar desse assunto. Tudo bem. Teremos tempo ao longo dessa quarentena. Está comprovado que estávamos sempre no mesmo mar, mas em barcos diferentes. Para não falar que só queremos conversar sobre futebol, sem remexer em ditadura, por que não vamos a um outro fato histórico daquela época? Qual poderia ser mais importante que essa história de ditadura militar? A eleição e renúncia de Jânio Quadros, ora. Isso foi muito importante. Ah, foi mesmo. A renúncia de Jânio estava na esteira que levou ao golpe militar, que provavelmente vocês chamam de revolução, né? Eu me lembro dos símbolos daquela eleição, quando tínhamos 10 anos. Um era a espadinha do Marechal Lott. Eu ganhei uma e vibrei, achei o maior barato. Eu também ganhei uma. E tinha a vassourinha do Jânio. "Varre, varre, varre vassourinha..." Esperem, essa eu canto com vocês, é o maior barato. Vamos juntos: "Varre, varre, varre, varre vassourinha!, varre, varre a bandalheira! Que o povo já tá cansado, de sofrer dessa maneira".

Com 11 anos a gente lembra mais. Foi uma decepção enorme. Um olhando para a cara do outro dentro de nossas casas. Como assim? O cara que ia acabar com a corrupção, que era nossa esperança, estava entregando os pontos? O que seriam essas "forças terríveis" de que ele falou? Por causa disso tudo, o país não voltou aos trilhos. O vice João Goulart era do PTB e nossas elites morriam de medo de ele querer implantar reformas, mexer na estrutura social e trabalhista. Aí, arranjaram o tal parlamentarismo, mas o povo, em plebiscito, deu bomba na ideia. João Goulart virou presidente de fato e de direito. Lembram que, naquela época, você votava no presidente e no vice e que não era necessariamente uma chapa? Pois é. Os militares pensaram em impedir o Jango de tomar posse como presidente de verdade. Não foi o que o povo decidiu. Eu já não sei, você é que está falando.

Podemos passar agora para 1964? Nesse tempo, a gente já estava de olho nas menininhas, olhava para as pernas e os peitos das irmãs dos amigos, tocava umas punhetinhas. Mas era só o princípio de nossas aventuras amorosas de adolescência. Vamos lá na Gloriosa. O que é Gloriosa? É isso que vocês chamam de Revolução de 1964. Uai, foi revolução mesmo. Os militares salvaram o Brasil do comunismo. Esse Jango que você está falando não era flor que se cheire. Pelo que sei, era um presidente fraco e estavam fazendo a cabeça dele. O país corria sério risco de virar uma colônia da União Soviética. O clima foi ficando pesado. Minha mãe colocava todo mundo para rezar o terço na frente da televisão, toda noite. Era muita tensão. Eu tinha medo desse tal comunismo. De fato, fizeram muito medo na população. Era o tempo em que comunista, segundo a propaganda, comia criancinha. Contavam-se atrocidades da União Soviética, falavam de um mundo que nada tinha a ver com o estilo de vida no Brasil. Seríamos escravizados, íamos perder a nossa liberdade, os apartamentos seriam divididos, os bens confiscados, um horror.

O pior vocês não sabem: eu também acreditei nisso. Com meus 14 anos, estudava em escola pública e via o movimento em casa, as conversas nas ruas. Também rezei o terço pertinho de minha mãe. O futuro era uma incerteza e uma ameaça. Os brasileiros aderiram em peso ao discurso do "família que reza unida, permanece unida". Mesmo sem a força dos veículos de comunicação de hoje, a ideia geral contra o comunismo grassou sem dó. Vocês não tiveram culpa, todo mundo embarcou nessa. Qual mãe quer ver seu filho convocado para defender o comunismo? Ou pior, que mãe quer ver o filho cooptado por uma doutrina apresentada como tão maléfica?

Logo veio aquele 31 de março. Eu lembro perfeitamente da fileira de tanques estacionados na Avenida Augusto de Lima, no Barro Preto. Meu irmão era universitário em uma época em que poucos chegavam ao curso superior. Estudava na UFMG, na rua Curitiba. Não sei bem que curso ele fazia. Talvez Economia. Pois ele se alistou como voluntário para lutar pela Revolução. Nos primeiros anos, eu gostava de ver o desfile militar de 7 de Setembro na Avenida Afonso Pena. Lembro do governador Magalhães Pinto desfilar em um jipe do exército fazendo com os dedos o V da vitória. Tínhamos vencido, a ameaça comunista estava banida do Brasil. Eu também lembro de muita coisa. A vida foi voltando à normalidade, sem comunistas à espreita. Começamos a trabalhar logo depois, fomos tocando nossa vida. Pelo que sei, o país ficou finalmente livre da corrupção e grandes obras foram realizadas pelos militares. Houve um surto de desenvolvimento espetacular. Lembro de meu pai comentando que a gente teria muito menos dificuldade para arranjar emprego, porque a economia estava ficando cada vez mais aquecida.

Claro, com a censura implantada, a imprensa não podia falar de nada que fosse negativo. Então, só aparecia coisa boa. O Zé Humberto, que era mais novo do que nós, é que foi me alertando. Vocês dois vão me desculpar, mas nem se interessavam pelo assunto, nem queriam saber. Entraram logo na onda de trabalhar e namorar, sem tentar entender o que estava acontecendo. O irmão do nosso d'Artagnan tinha sido preso pela repressão, ele fazia parte de alguma organização clandestina, não me lembro qual. Sempre confundi essas siglas. Uma noite, eu e Zé Humberto estávamos na esquina, só nós dois, todo mundo já tinha ido para casa. Aí ele me contou, chorando, da prisão do irmão. Não lembro em que ano estávamos. A família proibira os filhos de falar do assunto, porque tinha medo e vergonha. Medo de outros da casa serem presos; e vergonha porque, se soubessem, os vizinhos iam falar que o irmão do Zé Humberto era comunista. E comunista comia criancinha, era no que acreditavam.

Eu nunca soube que o irmão do Zé Humberto tinha sido preso. Qual deles? Não me lembro, o mais velho de todos, eu acho. Sei qual. Bem que percebi o desaparecimento dele. Encontrava sempre com ele no ônibus, quando voltava da escola. Se não me engano, ele trabalhava em banco. Era esse mesmo. Ele desapareceu do ônibus. Eu nem me perguntei o que poderia ter acontecido. Pensei que ele pudesse ter mudado de emprego ou de cidade, sei lá. Nunca mais vi ele. Ele teve melhor sorte do que o Zé Humberto. Foi solto um tempo depois, ficou traumatizado. Mudou para a casa de uns parentes no interior e ficou por lá, cuidando da vida dele. O Zé Humberto me falou que ele foi torturado. E que ameaçaram fazer o mesmo com a família toda, se insistisse em continuar na luta contra o regime militar.

Mas isso, pessoal, já era lá por 1968 ou 1969, quando tudo parecia normal no país. Foi nessa época que minha ficha começou a cair, que fui tomando consciência de que não estava tudo bem. Eu conversava muito com o Zé Humberto. Ele não se conformava com o que tinha acontecido com o irmão. Mas nunca me falou que também entraria para a resistência. Resistência ao quê? O que sempre soube é que quem foi cuidar da própria vida, quem foi trabalhar, nunca teve problema com o regime militar. Foi meu caso. Na minha família ninguém teve nenhum contratempo. Nem na sua, não é, Vicente? É, eu nunca soube de ninguém que tivesse sido preso ou torturado. Quem andou na linha, não se envolveu com a minoria que esperneava, sequestrava, assaltava, matava, nunca teve problema.

Pois é, até hoje falam isso. Tem até quem diga que a ditadura nunca existiu. Colocaram um apelido, "ditabranda" e não ditadura. Pois eu afirmo a vocês, houve ditadura e sanguinária. Nosso amigo Zé Humberto, o leal d'Artagnan, foi uma das vítimas. O que aconteceu com ele? Você tem certeza que não foi suicídio? Tenho a mais absoluta certeza. A versão que recebi foi a mesma de vocês. Se não me falha a memória, foi em 1973. A gente já não convivia nessa época. Eu, por exemplo, morei uns tempos em Montes Claros, por causa do meu trabalho na Secretaria de Educação. Era encarregado de ajudar a montar bibliotecas em escolas públicas estaduais. A verdade é que essas escolas praticamente não tinham livros, mas isso é assunto para outra hora. Vocês dois viviam outra vida. Quando o Zé Humberto morreu eu tinha retornado para Belo Horizonte e era noivo, pensava em casar. Como eu sabia que ele não se conformava com a prisão e a destruição do futuro do irmão, que abdicou de tudo depois da prisão e das torturas, não engoli a história do suicídio. Procurei pela mãe dele que, a princípio, confirmou a versão oficial. Era desconfortável para ela, porque ficava parecendo que o Zé tinha se envolvido em algum rolo e, por causa de dívidas ou pressões, acabara se matando. Ou seja, não ficava uma memória meritória para o nosso amigo.

A mãe dele relutou muito. Eu insisti. Naquele tempo, eu já tinha bastante consciência do que acontecia. Não podia aceitar que aquele sujeito cheio de vida tinha se matado por alguma má arrumação. Ela resistiu, resistiu, até que desandou a chorar. Dava dó ver aquela mãe. Ela me pediu para jurar que não passaria a história para a frente. Contou, entre lágrimas e soluços. O Zé Humberto era um fenômeno nos estudos. Passou no vestibular para o curso de Jornalismo e, antes de formar, arranjou um emprego em um jornal do Rio de Janeiro. Na verdade, ele queria se mudar para lá, para atuar na organização de que fazia parte desde muito jovem. O tal jornal, ao que parece, era clandestino. A mãe dele achava que Zé Humberto era movido por um sentimento de revolta pelo que tinha acontecido com o irmão. Ele queria derrotar o regime militar para se vingar, para mostrar que não aceitava o fato de o irmão ter se mudado para o interior, abrindo mão de uma vida cheia de perspectiva. O irmão era estudante de Direito quando foi preso, torturado e, praticamente, inutilizado. Desistiu de lutar, entregou os pontos, coitado. Disso eu sabia, Zé Humberto tinha me contado.

A mulher revelou, então, que o filho mais novo tinha morrido dentro da uma prisão militar. Foi enterrado por lá. Ela recebeu a visita de um oficial do exército trazendo o atestado de óbito em que constava morte por asfixia. E a narrativa de que ele tinha se matado dentro da prisão por causa de pressões e ameaças que estaria sofrendo. Companheiros de luta dele, contou o oficial, diziam que ele tinha entregado os planos da organização. Deprimido, matou-se. A mãe nunca acreditou, porque jamais deixariam o rapaz em uma cela com cordas ou coisa que o valha. Ela nunca teve dúvidas de que ele foi assassinado. Mas como ela podia ter tanta certeza? E se foi mesmo suicídio? Você já viu coração de mãe se enganar? Ela conhecia o filho que colocara no mundo e sabia da dor dele pela punição ao irmão. Mesmo com tanto sofrimento, aquela mulher preferiu se calar. Já tivera dois filhos liquidados pela ditadura militar, não queria envolver mais ninguém. Sabia que os parentes e vizinhos tenderiam a aceitar a versão oficial. Daí, preferiram manter a versão do suicídio, omitindo que acontecera por trás das grades. No fundo do coração, a mãe do nosso d'Artagnan via o filho como um herói, como um resistente. Tinha certeza de que ele jamais denunciara os companheiros. Talvez, pensava ela, justamente por isso, por não ter falado, ele tenha sido assassinado.

Por que o Zé Humberto foi se meter com essas coisas mal enjambradas? Ele poderia estar aqui conosco agora, na nossa mesa, vivendo o confinamento. Você não entende que ele lutava justamente por liberdade, porque o País vivia aquilo que diziam estar contido na ameaça comunista? Não havia liberdade e a maioria da população nem percebia. Puta merda, se isso for verdade, é muita sacanagem. Mataram nosso amigo. Você ainda não está convencido, Vicente? Mesmo com tantos dados? É mais cômodo acreditar naquilo que não cutuca, que não incomoda? É mais fácil aceitar do que questionar, né? A gente vai ter de falar muito sobre essas coisas ao longo dessa quarentena. Não vou dar sossego para vocês, porque nem que seja no fim da vida temos que tomar consciência do que nos cerca. Pelo menos, vou tentar fazer isso. Não estou convencido de que terei sucesso na empreitada.

Pepe, você sempre foi meio revolucionário também. Nunca teve problemas com essa tal repressão? Aí é outra história. O que aconteceu com o Zé Humberto me causou muita revolta. O que doeu mais foi ver a mãe mentindo para não complicar as coisas. Ela era obrigada a cultuar a memória do filho tendo de engolir aquela versão esdrúxula. Lembrem-se que ela era viúva e lutou muito para educar os filhos. Os mais velhos ajudavam com os mais novos. Eles viviam em dificuldade. Tinham a casa própria, mas pouquíssima renda. E duas das alternativas que ela tinha para ajudar a manter a família foram aniquiladas, cada uma de uma forma. Mas e você, nunca teve problemas? Tive, sim. Conhecendo a história do Zé Humberto e do irmão, achei que eu tinha de fazer alguma coisa. Aos poucos, fui me aproximando do sindicato dos servidores, conhecendo as lideranças e, gradativamente, tomando mais e mais consciência do que acontecia no Brasil. Entrei para uma chapa do sindicato, um cargo menor, sem importância, sem função de liderança, mas que fazia parte. Sabia que era monitorado por agentes de segurança, mas, no fundo, sempre fui cagão e nunca me expus, nunca ousei. Na verdade, ficava mais envolvido com gabinete dentário ou outros benefícios para os associados do sindicato, sem encarar a luta política de peito aberto. Cheguei a ser presidente do sindicato, mas quando a ditadura já tinha perdido força e estávamos a caminho da redemocratização. Então, meus caros, sinto decepcioná-los. Vocês não têm um amigo ex-revolucionário de que se orgulhar. No máximo fui um militante que tentava conscientizar as pessoas, como estou fazendo com vocês agora. Nada mais do que isso. Nunca fui preso; torturado, então, nem pensar. Jamais seria um Zé Humberto. Sempre tive muito medo. A coragem e o destemor não são meus fortes.

Opa! Estou vendo aqui um homem sincero, que não está fazendo questão de dourar a pílula em sua narrativa. Que legal, Pepe. Então, aos 70 anos, três amigos se reencontram e não é para contar as vantagens que cada um tem? Interessante. Isso mesmo, Custódio, não tenho que impressionar mais ninguém. O que tinha de fazer na vida, já fiz. O que não pude fazer, não fiz. O que não dei conta de fazer, não significa meu fracasso, só traduz minhas limitações. E não tenho vergonha de colocar isso na mesa, na nossa mesa de três lugares. Aliás, pensando aqui, se o Zé Humberto estivesse conosco, a mesa não poderia ficar encostada na parede. Seriam necessários os quatro lugares. Ora, Pepe, agora você faz piada. Não, é só para não deixar o clima pesado. Hoje eu falei muito, na próxima prometo deixar espaço para vocês, meus amigos. Está escurecendo, vou chegando.

3

Vicente, estranhei muito a versão contada pelo Pepe sobre a morte do Zé Humberto. Nunca tinha me passado pela cabeça essa história de morte na cadeia por razões políticas. Eu também fiquei surpreso, porque nunca duvidei que ele se matou. Só me perguntei se o suicídio foi por causa de algum rolo de dívida ou droga, ou por causa de mulher. Mesmo assim, nunca perguntei nada a ninguém. Nem sabia que o irmão tinha sido um preso político. O que você acha do que o Pepe falou? Sabe, fiquei intrigado. De fato, o Zé Humberto era o nosso D'Artagnan, impetuoso, corajoso, muito cheio de vida. Suicídio não combina com ele. Faz sentido, sim. O Pepe tem informação sobre fatos e situações que eu nunca questionei. Como essas coisas nunca aconteceram perto de mim, era como se não existissem.

Pois é, meu caro. Será que a gente se acomoda e não questiona? Aceita as versões como nos são apresentadas? Estou encucado com isso. Se o Pepe tiver razão quanto à morte do Zé Humberto, eu vou ter que repensar umas coisas aí. Sempre tem o fato e a versão do fato. A gente tem o livre arbítrio de escolher a versão e temo que a gente sempre escolhe conforme nossa conveniência. Para falar a verdade, eu nunca me interessei em saber nada sobre o período da revolução e nem pensei muito sobre repressão ou ditadura militar. São expressões que conheço bem, mas nunca apliquei nenhuma delas nas minhas reflexões. Falha minha, talvez. Também penso assim. A convivência com o Pepe vai nos alertar nesse sentido. Mas tem uma coisa: ele sempre foi diferente da gente no jeito de olhar o mundo. Pode ser que essa visão dele seja deturpada. Não quer dizer que ele esteja certo.

Nós estamos velhos demais para ficar mudando os conceitos. Se viemos assim até agora, por que rever tudo já no final da vida e no meio de uma pandemia? Eu discordo de você. Tudo isso pode ser uma grande oportunidade para olharmos para trás e tentarmos compreender o que fizemos ou deixamos de fazer. O que o Pepe nos mostrou ontem, sem ser de forma intencional, é que, de fato, tem mais coisas entre o céu e a terra dos que os aviões de carreira, como disse o Barão de Itararé. Será que estamos aqui confinados para olhar para o passado e para dentro? Porque para o futuro não temos muito o que pensar nessa idade e nessa fase. É certo que o tempo que temos para preencher não será saciado nas discussões sobre futebol ou sobre a moça bonita de short que vi no jardim do prédio ao lado na hora em que fui fazer compras para nós. Nem estamos mais em idade de ver novelas ou de passar horas e horas em intermináveis joguinhos de computador.

O tempo está vazio e a aflição para enchê-lo de alguma coisa pode nos levar até a uma depressão, concorda? Concordo e afirmo mais: é isso o que tenho feito em toda minha vida. Encher o tempo, ou preencher o tempo. Nisso fui até bem-sucedido, mas de que me valeu? Na prática, chego ao final sozinho. Não fosse você ter aparecido e, depois, o Pepe, eu amargaria esse confinamento solitário aqui, como já estava fazendo há seis meses. Onde estão os amigos que conquistei ou deveria ter conquistado na minha vida adulta? Onde estão os parentes com quem eu era obrigado a conviver ou que eram obrigados a conviver comigo? Cada qual em seu canto. No fundo, sinto que não tenho outros amigos, além de vocês dois. Eu também não e imagino que o Pepe está na mesma situação. A gente tende a terminar sozinhos. É triste pensar isso. Pelo menos, tenho a possibilidade de conversar com você e com o Pepe, duas pessoas que vieram da minha infância e com as quais eu não convivi. Realmente, eu nada sei sobre você, a não ser esses fatos concretos, como sua profissão, número de filhos e netos. Caralho, é muito pouco. Quem é você, afinal? Quem sou eu, afinal? O que fiz de minha vida? O que você fez da sua vida? Ou, por outro ângulo, o que a vida fez de nós?

É ingenuidade pensar que, nesta mesa, encontraremos respostas paras essas perguntas. Concordo que o confinamento nos coloca frente a frente um do outro, mas o que ele faz mesmo é nos colocar frente a frente com a gente mesmo. Querer vir morar com você foi uma possibilidade de passar melhor por esse período de exceção, mas também um pedido de socorro. Eu vivia lá com minhas filhas e meus netos, mas, qual era o meu papel na casa? Era o velho, o vovô, o cara que nem era muito ouvido nas mais variadas situações. Nessa história do vírus mesmo, ninguém me perguntou o que eu queria. Foram logo separando o cômodo dos fundos para onde levariam minhas coisas. Eu ia usar um banheiro minúsculo, reservado para guardar vassouras e rodos. E comer nesta mesa, que ficava lá na varanda dos fundos. Esta cama que eu trouxe, sequer caberia no quartinho. Teriam de arranjar outra, um estrado simples, para caber. Outra pergunta que me faço agora é: o que eram "minhas coisas"? Nada, cara.

Não tenho nada de realmente meu. O quartinho era lugar de guardar trastes. Eu passaria a ser o traste guardado lá.

Você agora pegou pesado, mas a realidade é dura. Se eu não tivesse me mudado para cá, não sei como lidariam comigo. Minha mulher também é idosa. Ficaríamos confinados juntos, como o Pepe e a esposa? Será que a gente conseguiria ficar um com o outro no isolamento, se praticamente não nos falamos há um bom tempo? Conversamos sobre as questões práticas e objetivas, mas não me lembro da última vez que perguntei como ela estava, o que sentia, de que seu pensamento se ocupava. E ela da mesma forma. O certo é que já vivíamos isolados, inclusive um do outro. Eu não tinha mais o que dizer a ela. Será que eu tinha algo a dizer a qualquer pessoa? Haveria alguém interessado na minha experiência? O que eu passaria de essencial? Será que por isso fui ficando ranzinza? Você foi ficando ranzinza? Sem nenhuma dúvida. Então, quer dizer, que não eram sua mulher e sua filha que implicavam com você? O vice versa acontecia? Claro que acontecia. Você tem de admitir que passou a considerar importantes muitas coisas que não tinham importância. Vou dar um exemplo, que você mesmo trouxe: que significado tem a forma de dobrar e de guardar suas roupas? Que diferença faz? É, que diferença faz? No entanto, você fez críticas à sua mulher, na nossa primeira conversa, citando essa história das roupas. Implicância sua.

Você me denuncia falando assim. Eu tenho de rir, mesmo sabendo que você está colocando o dedo em feridas. Não vou brigar. Se não fosse estarmos nessa mesa, sem saída, talvez eu discordasse e bancasse que a chata era ela. Quem sabe, minha decisão de mudar para cá e morar sozinho foi porque eu não suportava mais ficar lá, mas também porque eu não era mais tolerado. Que merda! É difícil admitir que estou errado, é difícil concordar que não tenho razão. Só rindo. Poucos dias de isolamento e já começamos a pensar na vida. Antes era fácil não pensar, né? Agora, é isso: frente a frente com a gente mesmo, trancados num apartamento, sem algazarra das crianças, sem ser desautorizado o tempo todo pelos "adultos" porque somos velhos, sem a possibilidade de passar a responsabilidade sobre nossas vidas para aqueles que fazem parte da população economicamente ativa. Isso é engraçado, é quase ridículo, mas ninguém quer ouvir um velho. Nem mesmo as crianças. O "vovô" nem mais escolhe o que comer no almoço. E quando revela o que deseja pode passar a impressão de que está sendo pouco flexível, querendo impor sua vontade de velho. Pode rir, que é engraçado mesmo.

Estou ficando emotivo. Será que esse confinamento é uma oportunidade para gente como nós? Se eu ficasse isolado no quartinho dos fundos, ia piorar muito. Valeria cada vez menos. A vida ia acontecer dentro da casa, na rua e eu lá, sozinho. Todos iam comentar sobre a pandemia, sobre os hospitais, sobre as regras e eu lá, sozinho. Em um certo sentido, não estaria cercado de cuidados, na verdade, estaria cercado pelos cuidados. Encostado em um canto para não adoecer e não morrer. Em última instância, a única importância seria não morrer. Certo que não morrer é fundamental, mas nada mais teria valor, compreende? Um inútil focado em não morrer, um peso para a família, encostado para não dar trabalho. O pior é que isso não significa falta de amor. Sei que eles sentiriam muito se eu adoecesse e morresse com esse vírus, mas a solução é muito ruim. Isola o velho, afasta o velho, tira o velho da convivência. O que isso expõe? Que velho é descartável. Esse vírus veio para denunciar essa inutilidade da maioria de nós. Se eu estivesse no balcão da farmácia, se não tivesse me aposentado e passado a ficar à-toa em casa, seria retirado de lá agora. Seria empurrado definitivamente para a inutilidade.

Não necessariamente, porque essa pandemia uma hora acabava e você voltaria à farmácia, se estivesse na ativa. Mas concordo que, depois do isolamento dentro de casa, a gente ficaria sem rumo. Como se tivesse perdido um bonde e não viesse outro, como se fosse o cachorrinho que caiu do caminhão de mudanças. A família teria salvado sua vida e a sobrevivência talvez fizesse até bem para o relacionamento. 'Que bom, o vovô não morreu". Mas não morreu ainda, né? Essa a outra denúncia: o vovô está, como sempre esteve, perto de morrer. Mesmo a gente não sendo tão velho assim. Temos condições de viver muitos anos, vendo os meninos crescerem. E repetindo as mesmas lições, as mesmas histórias. Enganando a todo mundo e enganando, principalmente, a nós mesmos. Porque, de fato, meu caro Vicente, a gente não sabe muita coisa, porque não procurou aprender. Eu pelo menos sou assim. Acumulei duas ou três verdades que trato como absolutas e nem consegui enxergar que o Zé Humberto, o nosso D'Artagnan, foi morto durante o período militar. Por que você não fala ditadura, como o Pepe? Porque não estou ainda totalmente convencido de que essas coisas, como o enforcamento do Zé Humberto, aconteceram. Admito que fiquei balançado, quase reconhecendo que preciso entender algumas coisas, enquanto é tempo. Que coisas? Principalmente que minhas verdades são grandes bobagens. Elas só fazem de mim um velho chato. O resultado é que essas verdades são vistas como tolices de velho sistemático pelas outras pessoas. Caralho!

Como será essa questão do relacionamento na vida do Pepe? Ele vive só com a mulher, a única com que ele se casou. Devem estar perto de fazer bodas de ouro. Não é pouca coisa. Não têm filhos dentro de casa, não há quem se preocupe em isolá-los. Independentemente do confinamento por causa da pandemia, os dois viviam isolados do mundo, em um ato de vontade. Ou, se convivem com outras pessoas, também é por escolha, não por imposição, como no caso de nós dois. Um com o outro, não devem ter esse problema de desentendimento, ou de desprestígio da opinião de cada um. Mas pode ser que eu esteja enganado. Quem sabe nem se falam? Ou só falam de coisas objetivas. Acabou o sal, tem de pagar a conta de luz, o chuveiro queimou, a torneira está pingando, o carro está com pouca gasolina. E por aí vai. Falar do que há de pessoal, do que vai na alma, é outra coisa.

É uma questão relevante. Será que quando se fica um com o outro, sem terceiros como filhos e netos, é diferente? Será que os dois estão realmente envelhecendo juntos? Ela sabe o que se passa na alma do Pepe? Ele sabe o que se passa na alma dela? Eu não sei dos meus filhos e netos, como você não sabe de seus filhos e netos. E o Pepe, que não tem filhos e netos para saber? É um olhando para o outro, cara. É um confinamento eterno. O Pepe não tem muitos amigos, provavelmente, como nós não temos. Tanto que adorou a possibilidade de se encontrar conosco aqui, de participar do nosso convívio. Ou será ele um cara com essas questões mais bem resolvidas? Ou tudo é igual? O envelhecimento é sempre essa brincadeira da gata parida. Você se lembra dessa brincadeira? Não. Não me lembro exatamente. Sei que havia um jogo assim. Não é jogo. Vou refrescar sua memória. A meninada faz uma fileira, um ao lado do outro, todos sentados na guia da calçada. Os dois dos extremos começam a fazer força, apertando o grupo. O espaço vai diminuindo e um é "cuspido" fora, depois outro, depois mais outro. Quem resiste? Pois é assim na nossa vida. À medida que vamos envelhecendo, temos todas as chances de sermos "cuspidos", como na brincadeira da gata parida. São poucos os que resistem. Isso começa na vida profissional, você bem sabe. Na minha profissão de barbeiro, por exemplo, a moda do corte vai mudando e a gente fica ultrapassado. Depois, tem mais: a visão não é a mesma, nem a firmeza das mãos. A gente mantém os velhos clientes, mas não conquista novos. Os que vão chegando optam por profissionais mais jovens e atualizados. Você vai, pouco a pouco, sendo expelido. Até ver que só restam uns poucos clientes, da sua faixa etária. Você é o velho barbeiro dos velhos. Cruel, né? Mas é a mais pura verdade. É a vida.

No meu caso, pode ser diferente. O cara velho da farmácia é o que sabe indicar o remédio, que passa mais confiança. Isso se as autoridades não falassem o tempo todo para evitar a automedicação. É preciso ir ao médico, pegar receita. Muitas drogas só podem ser vendidas mediante pedido médico. Você cada vez pode indicar menos medicamentos. Quando indica, corre o risco de apontar aqueles do seu tempo, que soam como antiquados para seus clientes, especialmente os mais jovens. Não adianta, Vicente, a fila anda. Sai da frente que atrás vem gente. Vamos rapidamente nos tornando dispensáveis e o passo seguinte é ser descartável. Você é o cara que vai ser empurrado para os fundos da casa. Não vai nem assistir à algazarra das crianças, porque elas ficam lá na frente, na televisão, no videogame. Você está fora. Não é só por causa de uma pandemia. Pode ser um câncer, um AVC, um Mal de Parkinson. Nem chego a falar em Alzheimer. Aí, além de descartável, é ridicularizado. Não fala mais coisa com coisa. Porra, você está muito amargo, pegando pesado. Sei que é difícil encarar a realidade. Você acha que eu pensava nessas coisas antes de ficar sozinho aqui? Que eu ousava imaginar que era descartável? Ah, tem uma coisa para a qual a gente serve: a herança. Isso se você tiver acumulado bastante durante sua vida. Se não acumulou, o raciocínio nem vale. Se acumulou, vão olhar para você, mas enxergando um cifrão. Você está sendo injusto com nossos descendentes. Tem amor nessa relação também, tem cuidado, tem afeto. Claro que tem. Estou sendo duro porque não quero mais dourar a pílula.

Quem vai ser duro agora sou eu. Você vai ser enxergado como um cifrão se não ofereceu outra ou outras coisas para serem vistas. Quem semeia, colhe. Isso é antigo, mas não muda. Estou querendo dizer que a gente tem alguma governabilidade sobre o envelhecimento, desde que você tenha construído essa possibilidade. Tem uma dose forte do imponderável, do imprevisível da vida. Quero dizer com isso que você pode ter uma doença que te deixe impossibilitado, seja fisicamente, seja mentalmente. Aí, fodeu. Mas em condições normais, se der a sorte de envelhecer com independência, com mobilidade, com lucidez, vai colher exatamente o que plantou. É sobre isso que devemos pensar nesse isolamento. O que eu construí foi suficiente para sustentar minha velhice? Uma coisa é a questão financeira, outra é o afeto, as relações, o respeito. Quem não semear, não tenha dúvida, não vai colher. Quem tiver sorte, vai ter escolha no envelhecimento. Essa escolha não se dá na velhice, ela apresenta-se antes. Eu penso que passa pela leveza, pela capacidade de entender as mudanças, pela sensibilidade para perceber como o que você emana chega até as pessoas. Em síntese, você tem de saber se é amado com naturalidade, se não precisa representar um papel na busca do afeto. Não é difícil essa medida. Você retém as pessoas que se aproximam de você? Ou não consegue reter, manter, atar os laços de forma firme? Se ficar frouxa essa amarração, meu caro, você ficará só, tem tudo para ser um velho amargo. Ser solitário é consequência.

E quanto à questão do relacionamento do Pepe com a mulher? Não avançamos nada. Nem era possível, com as informações de que dispomos. Vamos perguntar para ele, a única pessoa que pode nos contar como é viver com a mesma mulher por tantos anos, sem ter filhos.

4

Só para tranquilizar vocês, aviso que limpo bem as mãos com álcool gel antes de entrar aqui. Nós também tomamos providências, esse pano em que você pisou na hora de entrar está embebido em água sanitária. Quando você foi embora no outro dia, levando seu copo, seu pratinho e seu talher, nós demos uma boa limpada nas duas cadeiras que você usou. Todos nós conhecemos bem aquela expressão "seguro morreu de velho". É exatamente o que queremos, morrer de velhos. Mas, velhos já somos. Então, por isso somos população de risco para esse tal coronavírus. Vamos nos resguardando para morrer mais velhos e não por agora. Nisso estamos todos de acordo. O melhor é que podemos nos permitir esses encontros de antigos amigos.

Vicente e eu temos uma dúvida para discutir com você, Pepe. Nossas histórias são diferentes. Eu casei duas vezes, tive filhos e hoje estou aqui, sozinho. O Vicente casou mais tarde, já com mais de 30 anos e ficou viúvo. Também teve filhos e está só. Você se casou tão jovem quanto eu e a relação resiste até hoje. Vivem você e sua mulher e, ao que parece, se dão bem. Eu, por exemplo, não aguentava mais continuar na mesma casa com a minha. Queríamos que você nos contasse como é. Puxa vida, não é fácil assim explicar. Claro que nem tudo são flores, mas o casamento resistiu. Porque, talvez eu mesmo não saiba dizer. Não costumo pensar nisso. Lena e eu não paramos para discutir a relação. Simplesmente, vamos levando.

É muito tempo junto. Casamos com 23 anos – ela tem a mesma idade minha, ou seja, também nasceu em 1950. É professora da rede pública e eu servidor da secretaria da Educação. Foi lá que nos conhecemos. Ela foi um dia até a secretaria resolver alguma pendência da nomeação dela. Achei a moça bonita, puxei conversa e... rendeu. Casamos depois de namoro e noivado relativamente curtos. Ela era, de fato, uma bela mulher. De rosto e de corpo. Morena, esbelta, cabelos bem pretos, uma boca carnuda. Muito interessante. Eu agradei da escolha que fiz. Muitos colegas comentavam sobre a minha sorte. Vocês não foram ao meu casamento, já não convivíamos na época. Mas acho que o Vicente chegou a conhecê-la. Sim, conheci. Encontrei com vocês dois, não me recordo onde, mas ficou a lembrança da mulher bonita que a Lena era.

Pois bem, tivemos logo um filho, o único. Era meu grande xodó, minha alegria de viver. Para ela não foi bem assim. Teve dificuldades para aceitar a maternidade, rejeitou muito a ideia de amamentar, reclamava que o corpo não voltara a ser o que era. Não chegou a ser uma depressão pós-parto, mas uma maternidade mal resolvida. Cuidou do menino, isso ela fez. Não se omitiu. Mas nunca foi aquela mãe que padece no paraíso. Padecia e não vislumbrava paraíso nenhum.

Era explícita na reclamação. Pensava que tinha de abrir mão de muitas coisas, era vaidosa demais para aceitar mudanças no corpo. Eu argumentava que elas tinham sido pequenas e que não influenciavam nada na minha atração por ela. Não adiantava. Fui vendo que a vaidade dela era muito maior do que o razoável. O egoísmo também. Não queria prescindir das coisas que gostava de fazer. Isso incluía bater pernas quando não estava dando aulas na escola, ir a bares, shows. Lena não gostava de ficar em casa. Diminuiu o ritmo, mas continuou investindo nos programas que preferia. Muitas vezes, eu ficava com o menino para ela ir a um show ou encontrar com amigas.

À medida que o menino ia crescendo, ela ia se soltando mais e reclamando menos. Também, ele não era de dar trabalho. Fui um pai moderno, participava muito da criação, ajudava a cuidar dele, na tarefa escolar, no banho, levava comigo ao futebol. Saiu um atleticano de boa cepa. Posso afirmar que dividi com a mãe a criação. Não me omiti e ela reconhecia isso. Dizia que minha presença facilitava o papel de mãe que ela precisava exercer. Esse reconhecimento me estimulava na tentativa de ser um bom pai, pelo menos melhor do que a média que eu via, especialmente naquela época, década de 1970, ainda no começo desse movimento de emancipação da mulher. Eu ficava orgulhoso por, de certa forma, contribuir para avanços como esses. Sentia-me moderno, atualizado.

Até que veio a tragédia e a dor, como eu disse a vocês outro dia. A vida parou ali, isso é um fato. Nossa motivação para conquistas, para amealhar patrimônio, para fazer viagens, perdeu-se. Continuamos, porque não havia alternativa senão seguir em frente, mas foi como se reduzíssemos a marcha sempre tão acelerada em pessoas jovens. Posso comparar com um barco que vem em velocidade e sofre uma desaceleração abrupta. Ele enfia o bico na água. Foi isso. Enfiamos a cara na água.

Mas há mais. Esperem um pouquinho, até eu criar aqui condições para trazer aquilo em que estou pensando. Vou falar para vocês de fatos que nunca revelei a ninguém. Essa circunstância da pandemia e do isolamento, essa presença de nós três em torno dessa mesa, esse mergulho que estamos fazendo nas nossas vidas... Tudo isso me diz que devo falar do assunto. Não pense que é fácil para mim, porque não são claras as motivações nem as consequências. É o seguinte: uns meses antes do atropelamento do nosso filho, eu descobri que Lena me traía. Ela não tinha um amante, eram vários. Saía com uma turma de amigas e amigos e ia para a cama com os caras. Os da turma e outros que ela ficava conhecendo. Eu nunca soube quantos e isso não é o fato mais relevante. Não era a quantidade que contava. Como você soube disso? Fiquei sabendo em uma situação inusitada. Ela saiu com um cara que me conhecia há muito tempo. Ele era solteiro e não sabia que Lena era casada comigo. Não fez nada de errado. Uma mulher bonita se interessou por ele e eles foram para a cama. Algum tempo depois, ele me viu com ela e soube então que a moça com quem ficara era a minha mulher.

Ele contou para você? Calma. Ele não contou. Pelo menos, não imediatamente. Mas se aproximou de mim, fomos ficando amigos. E nos demos muito bem. Como bons companheiros, falávamos de nossas vidas, com naturalidade. Até que um dia, no bar, comentei sobre as dificuldades de Lena com a maternidade e de como eu procurava participar da criação do nosso filho. De repente, ele começou a chorar. Disse que não podia mais carregar aquele peso, que ele chamou de culpa. Não podia ser culpa, porque ele não tinha traído um amigo. Simplesmente não sabia quem era aquela mulher. Então, contou da noite em que deitou com a minha Lena. Estava com amigos em um bar, ela chegou com uma outra moça. Trocaram olhares e sorrisos. Ele disse que não entendeu bem aquela sorte, de uma mulher tão bonita abrir-se assim para ele. Entendeu menos ainda quando começaram a conversar e percebeu claramente que Lena queria era ir para a cama. Não pensava em amizade, em namoro, em conhecer melhor um ao outro. Nada disso. Queria ir para a cama, só. Foi o que fizeram. Lembrou que ela não quis dar a ele o telefone, cortando qualquer possibilidade de novos encontros. Ela fez o que queria, ele gostou do que fizeram.

Fiquei chocado, sem saber o que dizer e muito menos o que fazer. Ele continuava chorando, não conseguia decidir se tinha feito bem ou mal em me revelar aquilo tudo. Na mesma hora em que mostrava arrependimento, argumentava para ele mesmo que não podia mais guardar aquela história. Talvez o equívoco, pensava ele, fosse ter se aproximado de mim, tornando-se um amigo. Eu entendo que ele fez isso movido pelo o que aquela história, inicialmente sem significado, representava para ele. Era leal e não se conformava de ter saído com a mulher de um cara com quem ele se dava tão bem. Mesmo que, até então, não fôssemos amigos. Vocês conseguem perceber como era intrincada a sequência? O flerte, a descoberta de quem era a mulher, a aproximação, o peso nas costas, a revelação.

Silêncio sepulcral aí. Estão chocados, né? Querem comentar alguma coisa? Não? Vou ali buscar outra cerveja. Está bem, eu espero você voltar para continuar. A história é longa. Agora que comecei, vou até o final. Pode ser bom para mim desenterrar isso. Estava debaixo de toneladas de terra dentro de mim, mas não estava inerte, nunca deixou de existir. Com a revelação naquela mesa de bar, fiquei sabendo que minha mulher era dada a escapulidas. Totalmente perturbado, não sabia o que fazer. Não tinha coragem nem intenção de chegar em casa e colocar tudo em pratos limpos. Estava claro que aquela não fora a única aventura que ela viveu. Passou a vir à minha cabeça versos da música de Caetano Veloso que dizia: 'Se seu corpo ficasse marcado por lábios ou mãos carinhosas, eu saberia, ora, vai mulher, a quantos você pertencia'. Desde aquela hora eu sabia também, como já disse, que não era uma questão de quantidade. Mas não conseguia parar de pensar nisso. Passei a imaginar a Lena nos braços de outros homens e isso doía muito. Eu sofria, sofria. Tentava racionalizar pensando que eu era um homem moderno, atualizado e que poderia relevar aquilo. Eu deveria conversar com ela, saber o porquê dessa necessidade de agir assim e, sem brigas, cuidar da separação. Ela que seguisse a vida, agindo como quisesse. Eu era jovem, poderia reconstruir, casar novamente ou não.

Nunca fiz nada disso. Continuei morando com ela, dormindo com ela. E pior: eu percebia que ela sabia que eu sabia. Porque eu tinha comentado com ela sobre o meu amigo e ela já tinha visto nós dois juntos em mais de uma oportunidade. Não é possível que ela não reconhecia o amante de uma noite. Era tudo muito esquisito. Ela nunca chegava tarde em casa. As escapadas eram ligeiras. Eu me perguntava se estava casado com uma ninfomaníaca. Respondia para mim que se tratava de uma mulher que tivera dificuldades em aceitar a maternidade e fora em busca de se sentir feminina, cada vez mais desejada. Todos os argumentos que eu apresentava para mim soavam falsos, mas logo em seguida faziam todo o sentido. O certo é que não parei de pensar naquilo e não sabia como resolver ou não tinha forças para colocar um ponto final na relação e no sofrimento. Continuei, continuamos. Até que pouco tempo depois aconteceu a tragédia que levou meu único filho.

No meio de toda aquela dor pela perda do filho, eu pensei que o destino tinha resolvido tudo. Que a relação não tinha mais como prosperar, como continuar. Decidi que, passado o luto inicial, o melhor seria cada um seguir seu caminho. Só não sabia quanto tempo deveria durar esse luto ao qual eu me referia. A dor da perda era muito maior do que a dor pela traição. Lena sofria e sofria. Abaixou a cabeça, olhava o chão, não reagia. Falava em culpa. Primeiro eu achei que era culpa por não ter sido uma mãe como todo mundo idealiza que a mulher deve ser. Consolei dizendo que não, que nosso filho era bem criado e bem amado. Até compreender que ela falava de outra coisa. Em uma dessas mágicas que acontecem na cabeça de uma pessoa, Lena atribuía a morte do filho às suas aventuras sexuais. Sei que é difícil aceitar raciocínios assim, que podem parecer inverossímeis. Mas eu pergunto a vocês: o que é inverossímil quando se trata do ser humano? Lena fez uma relação de causa e efeito entre as traições dela e a morte trágica do filho. Então, se ela não tivesse aquele comportamento, o menino jamais teria sido atropelado.

Ela mudou completamente. Tornou-se a melhor dona de casa, a esposa afetuosa e dedicada, a mulher voltada ao trabalho. Ia mais à igreja. Passou a curtir ficar em casa, ler, ver televisão. Queria minha companhia. Deixou de sair sempre, de ir a shows e a bares. Desenvolveu um gosto pela culinária que jamais revelara. E, surpreendentemente, ficou mais bonita. Recuperou o ar e a textura de pele de antes da gravidez. À medida que o tempo passava, ela mais e mais embelezava. É uma mulher bonita até hoje, aos 70 anos, só vocês vendo. Lena voltou-se para a casa, para o marido, para o trabalho. E não ficou amarga. Parecia leve como nunca tinha sido. A morte do filho foi um corte na vida dela, um basta que atingiu tudo. Do comportamento à ambição. Por isso eu disse que deixamos de ter projetos, de desejar, de almejar conquistas. Simplesmente ficamos e continuamos. Minha intenção de separar tão logo passasse o tempo de luto inicial, a parte mais pungente da dor da perda, foi esquecida. A decisão que tomei, então, é que jamais tocaria com Lena no assunto traição. Ela sabia que eu sabia e isso, por ora, me bastava.

Tudo aquilo não significava que o assunto estava resolvido para mim. No fundo do meu peito, uma dor se apaziguou com a mudança de comportamento e postura de minha mulher. Junto veio uma necessidade de fazer algo que compensasse as perdas que eu tive ao ser traído compulsivamente por Lena. Aí, meus caros amigos, preparem-se para ouvir uma das partes mais doidas da história de minha vida. Eu nunca tinha traído Lena. Quando soube das escapadas dela, eu era um marido fiel, voltado à casa e à criação do filho que eu amava. Pois, a partir da mudança de Lena, aconteceu a minha. Passei a trair. Acho que foi a forma mais doentia que eu podia encontrar para, de certa forma, me vingar ou talvez compensar as traições que sofri. A solução foi inverter a situação. Lena fiel, eu infiel. Nem me preocupava em tomar cuidado. Saía à noite, não dava explicações sobre o que fazia, não inventava, não dava desculpas esfarrapadas. Lena nunca me perguntou onde eu ia. Sei que ela tinha perfeita consciência de que eu assumira a postura dela nas escapadas dos finais de tarde. Só que eu não tinha horário para chegar em casa.

Penso que Lena aceitou meu comportamento exatamente igual ao dela como uma forma de compensação. Explico: era como se minha traição desculpasse a dela. A velha lógica de que chumbo trocado não dói. Uma bobagem, porque tiro trocado pode abater os dois. Estabelecemos esse código jamais revelado para sobreviver, para continuar vivendo depois da dor incomensurável da perda do filho. Lena e eu nos ajeitamos para não sucumbir. Sei que estou dizendo coisas quase incompreensíveis ou inaceitáveis. E, principalmente, que jamais poderiam ser reveladas. Não é possível que as coisas tenham funcionado assim. Mas, repito, o que é inverossímil quando se trata do ser humano? Fui casado a vida inteira com uma única mulher e estou declinando aqui, diante dos meus dois velhos amigos, em pleno confinamento por causa de uma pandemia, a fórmula mágica para a longevidade da relação. Podem rir, se quiserem. E, por favor, tragam mais cerveja.

Vocês devem estar se perguntando como ficou nossa relação depois de estabelecido esse pacto silencioso. Lena dedicada, Pepe cafajeste; Lena em casa, Pepe na noite. Pois o que posso garantir é que funcionou. Vivemos em paz, como tinha sido antes da tragédia do atropelamento. Temos diálogo, não nos agredimos, falamos sobre tudo, menos sobre as traições de um e de outro. É como se nada tivesse acontecido. Vocês agora sabem, como eu, que aconteceu sim, foi real. Sabem também que o encaminhamento que levou à longevidade de um casamento tem origem em uma história tortuosa e que nada tem de meritória, nem da parte de Lena, nem de minha parte. O que fez a relação durar foi o malfeito, foi o mau comportamento, se olhado da perspectiva da normalidade. É essa a história do meu casamento. Espero não ter decepcionado muito vocês.

Jamais imaginaria uma história assim. Quem vê de fora pensa em harmonia e fica imaginando qual a receita para um casamento durar.

Mas gostei de ver sua coragem de relatar tudo aqui. Só faz aumentar minha admiração por você. Muito humano tudo isso. Mas, para não dizer que não falamos de flores, queria colocar uma situação que envolveu a nós três. Quem aí se lembra que fomos juntos à inauguração do Mineirão, em 1965? Claro que eu me lembro. Foi uma aventura. Tínhamos 15 anos e fomos de ônibus, completamente emocionados. Lembro como se fosse hoje. Eram 73 mil pessoas para assistir ao jogo da Seleção Mineira contra o River Plate, da Argentina. Vencemos por 1 a 0. Quem fez o gol foi Buglê, que era do Galo. E quem se lembra do primeiro pênalti marcado no Mineirão? Eu lembro. Foi a favor do River Plate, mas o goleiro Fábio espalmou para fora. Quase que um argentino fica com os méritos do primeiro gol. Na época, o Mineirão era considerado o segundo maior estádio coberto do mundo. Que bom você ter se lembrado disso. Desanuviou esse papo pesado que tivemos hoje.

Vamos passar para outro fato daquela época. O Atlético foi o primeiro campeão brasileiro, em 1971. Gol de Dario contra o Botafogo, no Maracanã. Foi uma festa da massa que cantava e dançava pela cidade afora. A charanga do Júlio, o mais amigo, se dividiu. Mandou parte dos músicos para acompanhar o jogo no Rio e deixou parte para receber os jogadores no aeroporto da Pampulha. Vocês se lembram da charanga do Júlio, né? Claro que lembramos. Como eu gostaria de ter assistido aquele jogo lá no Maracanã. Muita emoção.

Foi bem legal mesmo. Desculpem, não quero ser um estraga prazeres, mas falando em 1971, eu me lembrei de uma situação parecida com a que vivemos atualmente, com essa pandemia que está matando gente e obrigando outras pessoas, como nós, a ficar confinadas. De que você está falando? Da epidemia de meningite. O governo militar não deixava a imprensa noticiar, era como se a doença não existisse. Os hospitais de referência foram ficando lotados e a população em geral não sabia de nada. Só uns três anos depois o governo permitiu que a epidemia fosse noticiada. Era tão maluco, censurar uma questão de saúde pública. O Brasil do milagre econômico não podia saber que uma doença estava alastrando pelo país e matando gente. É impressionante. As pessoas não sabiam sobre contaminação e sobre os riscos que estavam correndo.

Eu não me lembrava disso. Não se lembrava porque ninguém da sua casa contraiu o mal. Mas muita gente, como os jornalistas, sabiam e não podiam fazer nada, nem denunciar a censura. Você sabia disso na época? Claro que não. Havia rumores, alguma coisa chegava, mas o governo não confirmava, mantinha um silêncio absoluto. Eu ouvia falar. As pessoas chegavam preocupadas na farmácia procurando remédio para meningite. O mais indicado era sulfa, que simplesmente acabou. Quem tinha informação, ou caso na família, ficou desesperado. A doença entrava nas casas, mas as autoridades nada informavam. Era isso mesmo. O governo militar não admitia notícias negativas e temia que houvesse um pânico generalizado. A doença se alastrava e a informação, só a boca pequena. É um absurdo total. Só em 1974 o governo militar se rendeu. Aí, suspendeu aulas e eventos, por exemplo. Mas muitas mortes poderiam ter sido evitadas se a informação fosse liberada, inclusive sobre como agir para não se contaminar. Ditadura é isso.

5

De novo o Pepe nos instigando. Ele falou esse negócio de epidemia de meningite para a gente pensar no que estamos vivendo hoje. Ainda bem que agora, com esse coronavírus, a informação está disponível. Tem gente reclamando que a imprensa está espalhando o pânico, mas eu penso o contrário. Informação nunca é demais. Tem de falar no assunto para as pessoas se conscientizarem de que o isolamento é importante e que providências como lavar as mãos também são. Nós três, que somos de risco por causa da idade, sabemos disso. Eu não saio sem máscara de jeito nenhum. Eu também não. No início, eu duvidei. Mas à medida que o tempo foi passando e as notícias sobre mortes, hospitais sobrecarregados e sofrimento foram chegando, coloquei minhas barbas de molho. Fico quieto. Eu nunca tive dúvidas. Mesmo sem formação, sou da área de saúde e sei muito bem o que é uma epidemia. No caso atual, não há remédio comprovado, não há vacina ainda. O vírus corre solto e vai fazendo suas vítimas. Tenho recomendado às minhas filhas que tomem cuidado. São jovens, fora dos grupos de risco, mas a gente sabe que isso não livra ninguém de sofrimento e de morte. O que elas dizem é que as empresas em que trabalham orientam e exigem o cumprimento das normas sanitárias. Ainda bem.

Mas é uma merda. A gente não sabe quando vai poder sair desse isolamento. Ou mesmo se um dia vamos poder sair. Sei que se eu pegar essa doença, corro risco de morrer. Só de pensar em ficar dependendo de um respirador, fico apavorado. Temos de pensar que, para morrer, basta estar vivo, não é assim? Claro que é assim. A gente pode morrer de muitas outras causas. Mesmo durante essa pandemia qualquer um pode ter um AVC, um infarto, sei lá o quê. E morrer. Mas a gente não gosta de pensar que vai morrer. Não sei se você sabe, mas eu tive um câncer. Verdade? Sim, há quase 20 anos. Câncer de quê? De próstata. Mas, como estão vendo, eu não morri. Fui operado e fiquei bem. O que a gente sabe é que câncer de próstata detona a virilidade do homem, ele perde a capacidade de ter ereção. Isso é verdade, mas quando a doença é descoberta no início e dependendo da posição do tumor, há boas chances de recuperação. Felizmente, foi o que aconteceu comigo. Ainda bem, Vicente. Nem passa pela minha cabeça perder a capacidade de ereção. Ninguém deseja, mas se tivesse acontecido, o que eu poderia fazer? Não ia preferir morrer de câncer aos cinquenta e poucos anos. A gente sempre quer viver. A vontade de continuar fala mais alto, pode ter certeza. Quando eu fui para a cirurgia, sabia que corria riscos. Tem a incontinência urinária também. Mas eu pensava que aquilo podia me matar e que a cirurgia era necessária. Não tive dúvidas. Deixei que me cortassem. A alternativa era morrer e essa era muito ruim. É, você tem razão. Viver é mais importante. De qualquer maneira, eu ficaria muito chateado se ficasse impotente, sem escapatória. Na época, eu falava desse medo com minha mulher e ela retrucava, dizendo que o sexo é importante, mas não é tudo. Que a gente continuaria juntos mesmo se eu ficasse impotente. Eu sei que ela estava sendo sincera, mas não me convencia. Imaginar a impotência, pensar que não poderia mais transar com uma mulher, era doloroso. Ela argumentava também que é possível fazer sexo sem penetração. Mas nada me convencia. Acho que nós homens somos criados fazendo uma ligação direta entre masculinidade e ereção. Homem macho tem de comer, penetrar, possuir a mulher.

E não é assim? Eu penso que é. Perder a capacidade de ereção é como ficar mutilado. Imagina a vergonha se os outros ficarem sabendo que você ficou impotente. A gente não gosta nem de falar que está doente, principalmente se a doença for câncer. Mas são fatos da vida. Qualquer um está sujeito a muitas situações sobre as quais não tem governabilidade. É o imponderável. Quando operei, a recuperação quanto à cirurgia foi rápida, mas a retomada da vida sexual demorou meses. Eu não perdia a esperança, mas ficava preocupado. Tem outra coisa: é recomeçar a vida sexual com 50 anos. Não é como um menino que vai iniciar seus relacionamentos. Ele é puro hormônio e você já está descendo a serra. Hoje eu posso rir disso, mas passei aperto. A sorte é que nossa geração já convive com viagras e assemelhados. É uma ajuda e tanto. É bom que exista, mesmo sem cirurgia de próstata. Uma muleta que não existia há poucas décadas. Viva a ciência.

Como você se vê hoje em relação à doença? Passou, está distante, nem me lembro direito de algumas coisas. Você acha que mudou depois de ter um câncer? Penso que não. Continuei sendo o mesmo cara, com as mesmas qualidades, os mesmos defeitos, as mesmas chatices. Isso de falar que você vai ser outra pessoa depois de uma situação extrema é muito relativo. Eu fiquei com uma certeza, a de que sou mortal, que um dia vou morrer. A gente é muito onipotente e nunca pensa que vai chegar ao fim. Corre da morte a vida inteira, como se ela não fosse nos alcançar. Quando você passa por um câncer, entende que ela vai te pegar. Você pode correr dela, é bom que faça isso, mas ela vai te alcançar numa dessas curvas aí. É inexorável, é inevitável. Descobrir isso não é pouca coisa. Continuo tendo medo da morte, mas não tenho dúvidas de que, com medo ou sem medo, ela virá. Pode ser agora, com essa pandemia. Pode ser mais adiante. O certo é que já vivi 70 anos. Posso viver muitos outros, posso não ir muito longe. O que fazer? Sentar e esperar pela morte é a única coisa que a gente não pode fazer. É preciso viver, mesmo que dentro de suas possibilidades. E esse coronavírus está nos obrigando a ficar sentados em volta da mesa, com a esperança de não morrer. É pouco, muito pouco.

Penso assim também. Tem uma sensação que não é confortável. Quando olho para a frente, o horizonte é curto. Eu explico: na juventude, olhar para a frente é quase infinito, não é? O menino tem pressa de crescer, o jovem tem pressa de ficar adulto, o adulto tem pressa de se projetar, de ganhar dinheiro. A gente está sempre esperando o que virá. Isso mudou para mim. Aos 70 anos, com uma escuridão no horizonte, com uma incerteza enorme quanto ao dia de amanhã, olho mais para perto. Faço planos, tenho projetos, mas não são lá na frente, são aqui, mais perto, mais imediato. Na verdade, em nossa idade, o tempo é o que resta. A quantidade desse tempo é desconhecida. Temos a certeza de que o que resta é muito menos do que o tempo passado. A metade da vida ficou lá atrás e não há como não ter a sensação de descida da serra. A gente continua sem saber exatamente onde é a metade, porque não sabemos quanto é o todo.

Mas é certo que essa metade passou há tempos.

Por outro lado, constatar isso não pode significar amargura, nem é motivo para ficar deprimido. Ao contrário, o ideal é que a gente entenda que há muito o que fazer, independentemente do tempo que resta. Só que esse muito deve ser medido pela intensidade e não necessariamente pela quantidade. Eu não vou fazer todas as viagens com que sonho, mas tenho de aproveitar muito a que eu fizer; não vou mais ter todas as mulheres do mundo, mas tenho de aproveitar a companhia daquela que estiver comigo; não vou montar uma empresa que vai crescer e se tornar uma potência, mas devo me lançar ao trabalho, se eu tiver um, com entusiasmo, para me sentir produtivo e útil. São sutilezas, está vendo? É aquilo que falamos outro dia. Se a vida te der a chance de escolher, pratique a leveza. Com leveza, você vai ouvir algazarra de pássaros, alarido de crianças, barulho da brisa, cheiro de mato... Vai identificar um sorriso encantador, vai enxergar olhos expressivos, vai reparar na pele macia. Se você endurecer, vai pisar na flor, vai chutar o cachorro, vai berrar com a criança, vai atormentar a mulher. Você acha que está envelhecendo com leveza? Às vezes acho que sim, às vezes chuto o cachorro e grito com a criança. Mas ainda tenho esperança de avançar, mesmo sabendo que o tempo disponível é apenas o que resta, nada mais. É a vida, cara.

6

Custódio, outro dia eu contei para vocês a razão da longevidade da minha relação com a Lena. Sei que decepcionei vocês, porque não é uma história exatamente meritória. Mas, é a vida. Hoje eu queria que você contasse uma coisa muito íntima. Se quiser, é claro. Você comentou que não tem contato com seus filhos do primeiro casamento, que eles preferiram ficar com a mãe. Pois bem, a pergunta é: por que eles escolheram ficar com a mãe e por que você não tem contato com eles? Puta merda, você me pegou. Nunca falei disso, pessoal. Nunca comentei com ninguém. Mas não posso negar. Nesse efeito quarentena, nesta mesa, vou falar. Preparem-se. Talvez eu tenha dificuldade, não vai ser fácil. Mas vamos em frente.

Eu me dei bem cortando cabelos masculinos. Profissionalmente, modéstia à parte, eu era muito bom. Como administrador também. Comecei do jeito que todo mundo faz. Era aprendiz em um salão do nosso bairro. Um rapazola. Talvez vocês se lembrem disso. Nessa época ainda andávamos muito juntos. Eu ficava observando como os adultos faziam os cortes, varria o salão, limpava banheiro, fazia serviços externos para o dono. Na verdade, não era um aprendiz, mas um auxiliar. Comecei a levar tesouras afiadas para casa e me aventurava a cortar o cabelo dos irmãos, do meu pai. Foi dando certo. Eles aprovavam o resultado. Ai, pedi a um irmão que fosse ao salão e mostrei ao patrão. "Olha, eu que cortei". Ele ficou admirado. Gostou do que viu. Eu levava jeito. Então, começou a me liberar para, por exemplo, cortar o cabelo de pessoas acamadas. Quando demandavam, ele me encarregava. E brincava: "Esse pessoal não vai sair à rua mesmo. Se não ficar bom, não vão se importar". Eu caprichava e ganhava elogios. Acontecia de outras pessoas da casa me pedirem para cortar o cabelo delas. Inclusive mulheres. Eu aprendi depressa e logo me tornei oficial. Ganhei o direito de usar uma das cadeiras.

Éramos o dono, um outro barbeiro e eu. Ganhei clientela. Fiquei muito amigo desse outro barbeiro, que era um pouco mais velho do que eu, também habilidoso. Logo começamos a fazer planos de abrir nosso próprio salão. Quando comentamos com o patrão, ele nos propôs comprar o dele. Disse que estava cansado e fez uma revelação: tinha doença de Parkinson. Era uma fase inicial, mas as mãos começavam a tremer e ele receava que isso interferisse na qualidade do trabalho dele como profissional. Negociamos e ele facilitou ao máximo para nós. Vendeu o salão por um preço razoável e dividiu em longas prestações. Assumimos o negócio e tudo deu muito certo. Logo fizemos uma boa reforma na barbearia. Conseguimos antecipar prestações. Pagamos a dívida em um breve tempo. Algum tempo depois, tivemos a ideia de mudar para uma região mais central. Ousamos. Montamos um salão em bairro mais nobre, onde passava muita gente. Coisa fina. Nossos fregueses do bairro não nos abandonaram e conquistamos muitos outros no novo endereço. Além de nós dois, havia mais três profissionais que ganhavam participação nos cortes que eles faziam. Colocamos manicure e nos aventuramos a atender também mulheres. Foi tudo um sucesso.

Eu e o Álvaro convivíamos muito. Ele foi o padrinho do meu primeiro filho e eu fui escolhido padrinho do dele. As famílias se encontravam em finais de semana. Bom, até aí nada de mais. Dois sócios e amigos, bem-sucedidos na profissão e como empresários. Agora vem a parte que não queria contar. Eu cuidava do financeiro do salão. Negociava com os barbeiros, cabelereiras, manicure a proporção da partilha. Por que o silêncio? Porque não é fácil dizer o que vem agora. Como adverti, nunca comentei isso com absolutamente ninguém. O que foi? Ninguém tinha carteira assinada. Para evitar problemas trabalhistas, a gente dava para cada um uma pequena participação societária, tipo 2%. Eles tinham, então, uma simbólica retirada pro-labore e ganhavam participação na própria produção. Uma fórmula engenhosa, criada por mim. Eu dizia para o Álvaro que esses sócios minoritários ficavam com 40% do que produziam, depois de deduzidas as despesas comuns a todos, como material de trabalho, telefone, luz, água. O negócio era bom para nós e para eles. De fato, ninguém reclamava. Só que a realidade era diferente: o salão só pagava 30% de participação para cada um. Então, o informado é que Álvaro e eu dividíamos os 60% que tocavam aos dois donos. Ele recebia 30%, um bom dinheiro. Mas eu ficava com 40%, um ótimo dinheiro.

Ninguém, ninguém mesmo, sabia disso ou sequer sonhava que eu ficava com mais dinheiro no que deveria ser uma partilha igualitária. Álvaro nunca desconfiou de nada. Para falar a verdade, comecei a me sentir culpado, porque o dinheiro sobrava. Se eu dividisse por igual, ainda ficaria com uma quantia mais do que suficiente para viver relativamente bem. Pensei em passar a fazer a divisão por igual, mas daria margem para meu sócio desconfiar. Não tive alternativa senão manter o esquema fraudulento. Como era eu que controlava o dinheiro, o tempo foi passando e o tudo continuou funcionando bem. Parece que 10% não são muito, mas pensa isso se acumulando ao longo dos anos. Uma baita prejuízo para o meu sócio e amigo. Mas, como dizem, não existe crime perfeito. Uma circunstância expôs a trama. Aconteceu que o Álvaro se envolveu com uma cabelereira novinha que foi trabalhar conosco. Uma moça bonita, que valia a pena. Desconfiei logo e cumprimentei o amigo. Sem maldade nenhuma, em um momento qualquer de alcova, a moça comentou que os 30% que recebia eram uma boa comissão. Ela queria apenas dizer que estava satisfeita com o que ganhava e mencionou o percentual real que eu pagava. Pronto, a casa caiu.

Ele fez, então, o que nunca tinha feito. Pediu para ver as contas da empresa. Eu maquiava, mas dava para perceber que os números eram sutilmente marretados. Ele, discretamente, procurou por outros cabelereiros e manicures. Todos informaram que recebiam 30% e não 40%. E avisavam que estavam satisfeitos, que não pleiteavam aumento. Um deles comentou comigo. Contou que tinha estranhado o fato de Álvaro perguntar quanto ganhava de percentagem e de ele mencionar 40%. Coloquei minha barba de molho e esperei a abordagem do Álvaro. Ele ainda deixou passar um tempo, talvez sem acreditar que seu sócio e amigo estava fraudando as contas e, em bom português, roubando dele. Antes de falar comigo, ele procurou por Alzira, minha mulher e comadre dele. Disse que tinha descoberto a tramoia e perguntou se ela sabia que isso acontecia. Ela não sabia. Quando cheguei em casa, Alzira me questionou. Eu neguei tudo. Disse que era mentira do Álvaro. Ele tinha avisado a ela que ia romper a sociedade e que eu devia ter dinheiro guardado, suficiente para comprar a parte dele.

Álvaro desapareceu por uns dias e, quando me procurou, trouxe uma proposta de venda da parte dele. Fiquei com a impressão que ele fez uma conta maluca considerando que eu recebia aquele quinhão superior ao dele. Não sei como pode ter sido esse cálculo ou se foi mera coincidência, mas a realidade é que eu tinha dinheiro para comprar a parte dele. Ele não me acusou de nada, não brigou. Fizemos uma negociação sem explicitar a causa do rompimento. Com o dinheiro, ele abriu outro salão, menor que o nosso, mas também nele foi bem-sucedido. Era muito bom profissional. Ainda levou com ele nossos melhores colaboradores. Nunca pude confirmar, mas acho que ele passou a pagar, de fato, 40% de participação aos profissionais. Meu salão sentiu um pouco o baque, mas se recuperou. Fiquei com ele até decidir me aposentar. Vendi para os profissionais que trabalhavam lá. Fiz um preço legal. Acho que foi uma maneira inconsciente que encontrei de me redimir, pelo menos em parte, do prejuízo que causei ao meu amigo Álvaro.

Mas você não chegou ainda à parte da sua mulher e dos filhos. Calma. Contar que fui desonesto com meu sócio não é tarefa fácil. Isso pode mudar a imagem que vocês fazem de mim. Mas, já que comecei, vou em frente. Depois que eu neguei tudo, Alzira mudou completamente comigo. Meus dois rapazes também. Ela contou para eles o que Álvaro descobrira e revelara. Continuei negando. Ela acompanhou o desfecho do rompimento da sociedade. Até me dizer que não tinha nenhuma dúvida de que Álvaro falava a verdade. Desconfio que Alzira também procurou por profissionais do salão.

Alguns eram antigos e, muitas vezes, convidados para churrascos ou alguma comemoração na minha casa ou do Álvaro. Pessoas boas, companheiras. Tenho certeza que Alzira fez essas apurações por conta própria. Aí teve certeza que Álvaro não mentia. Minha situação piorou, porque eu continuava bancando que era tudo invenção do meu sócio. Que ele fazia aquilo para me constranger a comprar a parte dele. Que, no fundo, o que ele queria era romper a sociedade e montar seu próprio salão.

Não preciso dizer que, por aquela época, o casamento não ia bem. A relação estava desgastada. Alzira e eu vivíamos na mesma casa, mas pouco tínhamos em comum. Eu ficava muito na rua, paquerava. Ela foi se entrincheirando. Tinha uma relação excelente com os filhos, era muito boa mãe. Foi fazendo a cabeça deles, aos poucos, contra mim. Com a revelação da minha desonestidade, o caldo entornou de vez. Eles praticamente pararam de falar comigo. Não demorou muito e Alzira anunciou que se mudaria para o interior de São Paulo, onde residia uma irmã dela. Era a forma de lidar com a separação. Não havia mesmo muito o que dizer. Tínhamos acumulado patrimônio. Ela nomeou um advogado para negociar comigo a partilha. Resolvi não criar problemas e facilitei no que foi possível. A negociação foi rápida. Passei a pagar pensão para os filhos até que eles se formassem na universidade. Um valor razoável para mim. Como o Álvaro, apresentaram valores que eu podia pagar, sem dificuldades. Cumpri o combinado, paguei a pensão regularmente. Formados, nunca me pediram nada. Eles ficaram bem remediados com a parte do patrimônio que ficou para a mãe. Você nunca mais falou com eles? O silêncio não é radical. Me avisam, por exemplo, quando nasce neto, me dão alguma notícia da vida profissional. Mas é tudo muito frio, muito protocolar. Há pouco tempo Alzira teve câncer de mama. Mandei mensagem desejando pronto restabelecimento. Ela agradeceu. Foi tudo. Ficou bem, está recuperada, pelo que eu sei. Ela nunca mais se casou. Nem me criou problemas. Foi embora. Só isso.

Você não sente falta de conviver com seus filhos? De verdade, sinto muita falta, mas não tenho coragem de procurá-los. Devem achar que sou um monstro, um desonesto. Eu queria dizer para eles que errei, mas nunca tomei a iniciativa. Se me conheço, não faria isso nunca. Por que não faria? Sempre é tempo, nunca é tarde. São seus filhos, têm seu sangue. Eu sei. Deveria ter tomado a iniciativa, mas não fiz isso. Nem na quarentena. Você sabe se eles estão bem de saúde, se está tudo em ordem lá no meio dessa pandemia? Desculpem, não dou conta de falar agora. Vai, Custódio, chora. Solte os soluços, vão te fazer bem. Alivia.

Eu sei que alivia. Esperem um pouco. Eu não terminei. Esperamos o tempo que você precisar. E não pense que vamos gostar menos de você por causa do que acaba de nos contar. Você errou, é verdade. Mas contar é uma forma de reconhecer o erro. Você foi punido. A separação dos filhos, o fato de eles terem se afastado de você e de praticamente não terem se falado em todos esses anos. Nossa, que castigo.

Fui, sim, castigado. Mas o que faz chorar é um fato muito recente. Já no tempo da quarentena, há poucos dias, meus filhos me ligaram com câmera e perguntaram como eu estava, quiseram saber de minha vida, me mostraram os netos. Quer dizer, eles demonstraram carinho e preocupação comigo. Talvez a mágoa deles tenha passado, talvez pensem que agora não passo de um velho solitário. A meia irmã deles deve ter contado que resolvi me isolar meses antes da quarentena, quando esse vírus nem tinha aparecido. Um velho solitário, isso mesmo, é como devem me ver. Provavelmente ficaram com dó. No dia em que me ligaram, tranquei no quarto, não falei nada para o Vicente. Vergonha, sabe? Vergonha por eu não ter tomado a iniciativa. Fui mesquinho, eles é que tiveram grandeza. Daí as lágrimas. Errei várias vezes, não foi só quando fui desonesto com meu sócio e amigo. Nem quando menti para a minha família, negando meu malfeito. Continuei errando quando não procurei por eles e não demonstrei interesse pelo que acontecia na vida deles. Agora, durante essa quarentena, nessa situação excepcional, eles é que tomam a iniciativa de estender a mão para mim. Só fiz merda. Nada disso, meu caro, a chance foi dada. Aceita a mão estendida deles e retoma esse vínculo. Está em tempo. Sorte sua que hoje existe a possibilidade tecnológica de fazer contato virtual. Tranque no seu quarto quando quiser e fale com eles. Conheça seus netos, suas noras. Saiba sobre o trabalho deles. O confinamento está dando a oportunidade. Aproveite. Vou fazer isso. Vou retornar, ligar para eles. Vou mostrar, sem falar sobre isso, que expiei muito da minha culpa ficando isolado deles. Quem perdeu mais fui eu, com certeza.

Bom, pessoal, momento de relaxamento na mesa agora. Quem se lembra da Copa de 1966 e dos 3 X 1 que Portugal aplicou na seleção brasileira? Quem se lembra de Euzébio? E da contusão de Pelé. Depois do sucesso das copas de 1958 e 1962, veio o fracasso de 1966. E não se esqueçam que estávamos em plena ditadura militar. Ih, já vem você de novo com essa história de ditadura. Ora, um fato histórico está sempre ligado a outro. Estávamos de olho na seleção lá na Inglaterra e o pau comendo aqui. Mas pior foi na copa seguinte, em 1970. Vocês vão se lembrar da musiquinha. Eu sei a letra, nunca vou esquecer: "Noventa milhões em ação. Pra frente Brasil, no meu coração. Todos juntos, vamos pra frente Brasil. Salve a seleção!!! De repente é aquela corrente pra frente, parece que todo o Brasil deu a mão! Todos ligados na mesma emoção, tudo é um só coração! Todos juntos vamos pra frente Brasil! Salve a seleção! Todos juntos vamos pra frente Brasil! Salve a seleção". Eu lembro, claro. Aquela seleção era espetacular. Só que eu assisti depois ao filme 'Pra frente Brasil', lançado anos mais tarde. Mostra os porões da ditadura enquanto a seleção ganhava a Copa. Tortura, injustiça, repressão... Uma merda! Hoje sabemos que até o técnico que começou o trabalho, João Saldanha, foi demitido por pressão do general que estava na presidência. Então, a lembrança que era boa, da vitória da seleção, fica contaminada por essa história de tortura. Claro! Era um dos piores momentos do regime militar. Estávamos sob os efeitos do AI-5. Desses vocês já ouviram falar, né? Eu já. Um tempo em que os direitos básicos foram suspensos, não é isso? Olalá, muito bem, Vicente. Você não me decepciona. E você, Custódio, sabia sobre o AI-5? Já ouvi falar, mas não sabia exatamente do que se tratava. Agora que vocês estão me dizendo. Você traz uma ideia bem diferente desse tempo dos militares. Para mim foi uma época de desenvolvimento, de um país sem corrupção, do fim da ameaça do comunismo. Mas quem sou eu para discutir com você, um cara politizado. Eu sou só um barbeiro. E na cadeira de barbeiro você não ouvia as pessoas falarem sobre repressão e ditadura, nem depois da redemocratização. Não, não era assunto na barbearia. E na farmácia, Vicente? Também não. As pessoas sempre queriam falar delas mesmas diante de alguém que vendia e indicava remédios. Era cada um com seu drama.

7

Amigos, cheguei hoje pensando em fazer uma proposta para vocês. O que é? Vamos por partes. Custódio, você tem carro? Tenho. Eu também tenho, mas o meu é velhinho. O meu é relativamente novo, tem três anos de uso. Ótimo. Então temos o que é necessário para realizar aquele projeto que discutimos lá na adolescência. Qual projeto? Viajar. Vocês se lembram que a gente tinha planos de sair pelo país? O sonho era conseguir um carro assim que a gente completasse 18 anos e sair por aí. O problema é que a distância até um carro era muito maior do que até a maioridade. Nas nossas condições e das nossas famílias, comprar um carro era uma impossibilidade. Pois agora, mais de meio século depois, esse projeto ficou totalmente factível. Vamos viajar, quem topa? Assim que essa quarentena acabar, partimos. Eu nem pensava mais na possibilidade de viajar para alguma praia, quanto mais de sair por aí, como você está propondo. Não, Vicente, o que estou propondo é a retomada de um projeto que era nosso desde o início.

Se eu pudesse escolher, iria para praias do Nordeste. Começava pelo Sul da Bahia e ia subindo. Opa! Já é um esboço de roteiro isso que o Vicente está falando. O que você imagina, Custódio? Isso mesmo. Eu não me importaria se a gente começasse pelo Rio de Janeiro, mas concordo que lá hoje é meio ameaçador para três homens velhos.

Acho que íamos ficar amedrontados, tensos com essas notícias de violência. Topo começar pelo Sul da Bahia. A gente sai daqui e segue direto até Teófilo Otoni, de lá alcançamos a Estrada do Boi e vamos até a BR-101. Daí começamos a peregrinar pelas praias. Como não temos o que fazer, somos três aposentados, podemos ir subindo até Fortaleza ou São Luiz do Maranhão. Não temos limites de tempo, podemos ficar em cada cidade o quanto quisermos. Mas para isso todo mundo tem de ter uma reserva. Eu tenho um pouco. Eu também tenho. Custódio eu sei que tem, é o mais abastado dos três. Só que eu discordo desse trajeto que vocês sugerem. Concordo com as praias a partir do Sul da Bahia. Mas antes a gente devia passar pelo Vale do Jequitinhonha. Lá não tem praia. Não importa, é muito legal. Minha sugestão é que a gente vá até Diamantina. Assim, começamos a nos divertir já no primeiro dia, sem precisar rodar uma longa distância para chegar o litoral. De Diamantina a gente vai descendo: Turmalina, Minas Novas... Sem pressa. Passamos por Araçuaí, depois Almenara, Salto da Divisa e, aí sim, chegamos ao litoral.

Mas porque isso? O que tem de bom nesses lugares? Desculpem, estou falando de um desejo meu. No meu trabalho de sindicalista, viajei muito pelo estado. Sou apaixonado pelo Jequitinhonha. A cachaça, as mulheres, a comida, com destaque para a carne de sol e o requeijão moreno. Os puteiros, por exemplo, são muito interessantes, pela simplicidade. Eu aposto que vocês vão gostar. Puteiro? Nossa, há quanto tempo nem passa pela minha cabeça frequentar um. Pois na nossa viagem podemos ir aonde quisermos. Vocês não estão entendendo. Somos três velhos, mas livres. E temos saúde suficiente para aguentar o roteiro que quisermos. Seria uma puta viagem, uma espécie de canto do cisne de três velhos amigos. Vamos rir, nos divertir, beber, admirar a beleza dos lugares e das mulheres, saborear boas comidas. Só coisa boa. Estou começando a gostar da ideia. Quando vamos? Estou pronto.

Essa é a questão. Não temos a menor ideia de quando vai acabar a ameaça desse vírus. Três velhos livres, mas, neste momento, aprisionados. Somos população de risco e continuaremos sendo mesmo quando a vida voltar ao normal para as pessoas mais jovens. O comércio vai abrir, as escolas vão voltar a funcionar, a circulação vai aumentar, mas nós, os velhos, continuaremos confinados por mais um tempo. Quanto tempo a gente não tem a menor ideia. Qualquer um de nós que contrair essa praga tem chance real de morrer, olha que merda. No passado, não realizamos nosso sonho de viajar porque não tínhamos dinheiro, apesar de ter a juventude e a disposição. Agora que nada nos impediria, tem essa merda do vírus. Você, Pepe, não é tão livre quanto Vicente e eu. Afinal, você é casado, tem sua mulher em casa. Ela vai entender que estarei realizando um sonho de meio século. Não vai criar o menor problema. Minha proposta é que a gente planeje, imagine os lugares, pesquise na internet. Vamos começar logo a viagem em nossas cabeças, até que ela possa ser concretizada. Seremos livres para circular sem ser virtualmente quando esse corona parar de circular por ai. Ele é que nos confina.

Viajar é bom até sem sair de casa. Ainda mais com a internet. A gente pode ver detalhes de cada lugar, marcar cada caminho, definir trajetos, escolher hotéis e até restaurantes. Pensa na nossa juventude. Existiam aqueles mapas da revista Quatro Rodas que a gente tinha de abrir. O copiloto precisava ter uma boa noção geográfica, para não perder o rumo. Atualmente, coloca em um aplicativo e lá vamos nós. É muita mudança. De fato, a nossa geração experimentou a fase de mudanças mais aceleradas no mundo. Quando nascemos, para acompanhar um jogo da seleção brasileira tinha só o rádio. Os filmes vinham de avião, demoravam dias para ficar disponíveis aquelas imagens que assistíamos no cinema muito tempo depois. Hoje, se a gente contar isso para os netos, eles não acreditariam. Vamos fazer um exercício: pensa nas mudanças acontecidas nos 70 anos antes do nosso nascimento. Houve coisas muito importantes, sem dúvida. Automóvel, avião, bomba atômica, antibiótico... Mas nada que se compare ao que mudou nessas décadas de nossa existência. Mudaram hábitos, roupas, costumes. Muito do que era importante saiu da pauta e surgiram outras motivações para a juventude. Houve a revolução feminista e as relações homem/mulher mudaram completamente. Gente da nossa idade teve de correr atrás para acompanhar tudo. Mesmo assim, tem muita novidade que a gente não consegue alcançar. Vamos aos poucos. O mundo virtual é um exemplo. Conseguimos lidar com o básico do computador, da internet, das redes sociais, mas tem tanta coisa nesse universo que a gente nem percebe. É impressionante.

É impressionante mesmo. Quando um neto ensina para a gente uma novidade, já surgiram outras. Os meninos riem de nós e quando explicam alguma coisa têm de se munir de paciência, porque sabem que vamos custar a entender. De minha parte, acho que faço muito só de pensar em compreender. Antes da quarentena, eu ficava tentando acompanhar, mas era impossível. Nem com os joguinhos com que os pequenos se divertem eu conseguia lidar. Por essas e outras que eu tenho a sensação concreta de que passamos a vida inteira correndo atrás das novidades. É exatamente isso. Jamais se aplicaria a qualquer um de nós aquela expressão "à frente de seu tempo". Na verdade, era o contrário: sempre fomos cidadãos atrás do nosso tempo. Defasados, superados, ultrapassados e angustiados por não conseguirmos acompanhar as mudanças. Só rindo, para não chorar, porque não foi fácil. Vou dar um exemplo: minha filha engravidou sem casar. Se fosse uma irmã, lá no meu tempo, corria risco até de ser expulsa de casa. O que eu fiz? Acolhi o neto. Não foi fácil para mim. Meu sentimento não era exatamente esse. Houve uma inversão: se na nossa época a sociedade não aceitaria a gravidez sem casamento, nos dias de hoje seria o contrário: ninguém aceitaria que um pai não acolhesse a filha grávida independentemente de ela ter um namorado ou não. É sinal dos tempos e ninguém impede essa roda de girar. Resta-nos aceitar, para não sofrer.

Falando em aceitar, tenho uma novidade. Na verdade, duas. Nem contei para o Vicente. Esperei o Pepe estar aqui, porque o assunto começou quando estávamos os três. A primeira novidade é sobre meus filhos. Escrevi para eles. Mensagem igual para os dois. Dei conta de fazer o que jamais imaginei: pedi perdão com todas as letras pelo fato de ter aceitado o afastamento deles e de não ter me movimentado em todos esses anos para nos aproximar. Disse que não queria me justificar pelo que fiz de errado em relação ao meu sócio, mas que esperava muito ser compreendido por não ter tentado restabelecer a relação afetiva. Expliquei que a vergonha me fez ficar sem ação. A mesma vergonha que eu ainda sinto e que tive de superar para pedir perdão. Agradeci muito por eles terem se manifestado depois quarentena, abrindo espaço para que eu baixasse a guarda e me rendesse à necessidade de afeto daqueles que têm meu sangue. Meus amigos, não me aplaudam, parem com isso. Sou grato a vocês por me permitirem falar desse assunto, aqui na nossa mesa. Abrir meu coração e, na sequência, encontrar o caminho para me redimir, ainda que tardiamente. E, cá para nós, devo tudo isso ao coronavírus que, se provocou algo de positivo, foi mexer no coração dos meus filhos e, agora sei, também no meu. O isolamento, o risco, a mudança na vida do lado de fora mexem com a vida do lado de dentro.

Sou grato pela expressão comovida de vocês dois. Tem ainda a outra novidade. Querem saber? Claro. Então, vamos lá: escrevi para o Álvaro. Não sabia nada da vida dele, mas não foi difícil encontrar o contato. O salão dele ainda existe, hoje sob o comando do filho, justamente o meu afilhado. Liguei. Ele atendeu com cordialidade, para minha surpresa. Eu disse que gostaria de falar com ele, mas que primeiro precisava falar com o Álvaro. Ele não rendeu conversa. Passou o telefone do pai, ao mesmo tempo em que informava que ele estava bem de saúde. Na despedida do rápido contato, eu disse que ligaria novamente. Ele falou que estava bem. Na sequência, escrevi para o Álvaro. Não tive coragem de ligar, temia não conseguir falar ou ser mal recebido. No texto, curto, eu pedi perdão pelo mal que lhe fiz, por ter estragado uma amizade e causado tamanha decepção nele. Mandei a mensagem à noite. Fiquei ansioso, dormi mal, mas me sentindo mais leve. Mesmo que ele nunca respondesse, ou que me mandasse à merda, eu sabia que tinha feito o que devia. Pois, de manhã, o Álvaro respondeu. Mandou uma mensagem curta. Vou ler para vocês:

“Pode ter certeza do meu perdão. Não guardo mais mágoa. Sei que você foi punido pela sua consciência. Fique em paz”.

O que você achou da resposta? Maravilhosa. Não pretendia que ele me mandasse beijos e abraços, ou propusesse que a gente retomasse a amizade. Mas saber que ele não guarda mágoa e que compreende o fato de a punição maior vir da gente mesmo, me fez sentir exatamente o que ele desejou ao final da mensagem. Fiquei em paz. Liguei para o filho dele informando que o pai me perdoava. Ele disse que sabia, que o Álvaro tinha contado para ele. E completou: “Não precisa me pedir perdão, padrinho”. E encerrou a ligação usando a mesma expressão do pai: “Fique em paz”. Nem é preciso dizer que chorei ao desligar o telefone. Jamais imaginei que eu teria coragem, ou hombridade, para fazer o que fiz. Dá para ver o efeito que a quarentena faz sobre a gente. Rolam confidências, confissões, remorsos, pedidos de perdão... Uma mexida e tanto dentro da gente.

Mexe no grupo também. Bom, eu falei muito desde nosso último encontro neste botequim de quarentena. O Pepe já tinha nos contado o segredo da longevidade do casamento dele, uma surpresa total para nós dois. Falta você Vicente. Conta do seu casamento. Você também foi um resistente. Foi casado com uma mulher só. Está bem, hoje é minha vez. Mas, Custódio, você ainda não terminou. Falta falar do seu segundo casamento, que também já acabou. Verdade. Mas hoje é você. Vá em frente.

Vocês sabem que resisti à tentação de casar com vinte e poucos anos. Dizem que o homem que não casa nessa fase, vai demorar muito para se render. Foi o que aconteceu comigo. Eu tinha uma namorada aqui, outra ali, sempre conquistadas do outro lado do balcão da farmácia. Impressionante como as mulheres tinham necessidade de contar sobre elas quando iam lá. Não sei se era por se tratar de uma farmácia ou por causa da minha disponibilidade para ouvir. Farmácia pequena, com movimento limitado. Geralmente era durante as tardes que dava mais tempo de conversar. Pois foi numa tarde assim que Stela apareceu. Uma mulher bonita. Já tentei muitas vezes dizer para mim mesmo como era o corpo dela e só me ocorre uma imagem: ela tinha o corpo redondo. Não era gorda, de jeito nenhum, nem magra demais. Era pequena, delgada, com o corpo redondo. O seio redondo, a cintura redonda, as coxas redondas, o rosto redondo. Aquelas formas me agradaram desde a primeira vez que a vi entrando na farmácia, com um vestido leve, amarelo, discreto. Curioso é que ela entrou para comprar camisinha, mas só me contou isso muito tempo depois, porque no dia não teve coragem de fazer o pedido a um atendente do sexo masculino. Levou um sabonete e deixou uns olhares interessantes. Não pensem que eram olhares lânguidos ou safados, não, de jeito nenhum. Era um jeito próprio de olhar meio de lado, com aqueles olhos... redondos. Sim, ela tinha olhos redondos, como tudo naquele corpo atraente.

Vocês não vão acreditar, mas nosso primeiro encontro foi em uma igreja, na missa de domingo. Sabem que tenho muita fé em Deus. Ela voltou mais vezes à farmácia e já aparecia sem desculpa de comprar nada. A gente conversava. Ela me contou que nunca fora casada, mas tinha um filho quase adolescente, que morava com ela. Engravidou muito jovem e nunca viveu com o pai do menino, um homem tosco e egoísta, segundo ela me disse. Stela era servidora pública municipal. Trabalhava de 8 horas às 14 horas. Por isso, aparecia à tarde na farmácia. Tinha 12 anos a menos que eu. Como ia muito à farmácia, achei inicialmente que era hipocondríaca. Só com a convivência vi que, de fato, ela não tinha boa saúde. Problemas circulatórios, principalmente. O certo é que fui me encantando com aquela mulher, até que chegou o dia em que fomos para a cama. O filho estava em uma excursão do colégio durante um final de semana. Passaria fora a noite de sábado para domingo. Fui para a casa dela. Não poderia levá-la à minha casa, porque minha mãe morava comigo. Passamos a noite juntos e fiquei surpreso com a facilidade com que nos entrosamos na cama. Eu adorei aquele corpo redondo e ela gostou de mim. Contou depois que não tinha ideia de que gostava tanto de sexo. Na verdade, eu também não. Revelou também do dia em que foi à farmácia comprar camisinha e não teve coragem. A intenção era mesmo se preparar, porque pretendia liberar mais seu lado feminino. Achava que estava muito parada, dedicada somente ao filho e pensava em viver novas aventuras. Nem teve chance, porque eu entrei na jogada. Ela dizia que não importava, que estava feliz comigo como companheiro e como parceiro na cama. Eu acreditei, porque também estava gostando muito. Surpreendentemente, tínhamos uma vida sexual intensa.

Eu e minha velha na casa em que nasci, típica situação de solteirão sistemático ou extravagante. Mexer nessa rotina foi um problema. Levei Stela e o filho para morar comigo. Minha mãe e ela deram-se razoavelmente bem, mas o mesmo não aconteceu com o menino. Os dois se odiaram desde o primeiro dia. Minha velha mãe não aceitava aquele pivete que ela via como um estorvo dentro de casa. O rapazinho, acostumado a ter todos os desejos atendidos pela mãe, detestou aquela velha que queria sempre impor ordem à casa. Mas seguimos a vida, administrando os conflitos. Tivemos duas filhas em sequência, o que alegrou a casa e minha mãe, mas não contribuiu em nada para melhorar a relação daqueles dois, que se estranhavam permanentemente. O tempo passou, as meninas cresceram, gostavam do meio-irmão e a recíproca era verdadeira. Mas ele e minha mãe, não tinha jeito. O rapaz não dizia, mas sentiu muito o fato de não ter mais exclusividade nos afetos da mãe. Stela sofria com isso e eu tentava minimizar. Desdobrava-me em cuidados com ela e até com o filho, mas a situação era sempre tensa. Até que o menino, de nome Diogo, resolveu fazer vestibular de Oceanografia, no Rio Grande do Sul. Passou e mudou. A mãe e eu dividimos as despesas dele durante o curso. Assim que se formou, arranjou emprego em um navio de pesquisa e vivia no mar. Assumiu as próprias despesas e, literalmente, sumiu no mapa. A gente não tinha notícia dele. As meninas sentiam falta, Stela sentia muito mais e minha mãe nunca falou nada até morrer, mas ficara aliviada desde a partida do rapaz. As filhas cresciam saudáveis, bonitas e felizes. Stela é que dava sinais de piora na saúde. Sempre pensei que a partida do filho teve papel relevante nessa piora. Stela morreu jovem, com 53 anos. O coração foi fraquejando, fraquejando, até não resistir.

Você não traia a Stela? Nunca traí. Ela me saciava, me satisfazia. Fui um homem de poucas mulheres. Eu amei aquela figura redondinha, meus caros. Ela nunca engordou, continuou magra e redonda. Tenho uma lembrança ótima do corpo dela, da pele, do gosto, do cheiro. Nós concordávamos em tudo, na cama, na fé, nos gostos. Dei muita sorte de encontrar aquela mulher e, querem saber, sinto falta dela até hoje. Puta merda, estou morrendo de inveja. Você, um homem de 70 anos, tem coragem de chegar para dois amigos da mesma idade e dizer que amava sua esposa? Você se dá conta de que isso é raro? As relações vão se desgastando. Às vezes, até se degradando. Lena e eu, por exemplo, temos uma relação relaxada, mas desgastada. Eu não consigo dizer que amo aquela mulher, também não odeio. Acho que estou acostumado com ela, só isso. Já amei um dia, claro, mas isso ficou lá no passado. Lena é minha companheira, não o meu amor. De minha parte, fico enquadrado nessa relação degradada que você falou. Não sentia a Solange minha companheira. Eu dormia com o inimigo, cara. Se você não consegue falar que ama a Lena, eu posso dizer sem medo de errar que cada dia mais eu odiava a Solange. A recíproca, certamente, é verdadeira. Devia ser um suplício para ela viver comigo. Quando eu decidi mudar para este apartamento ela deve ter comemorado, agradecido a Deus. Ficar lá sozinha com a filha e a neta é uma benção. Para mim também foi muito melhor passar a viver sozinho, mas não comemoro isso. É triste ver a relação ir se degradando. Você usou a palavra certa. Posso contar uma coisa? Sabe de que eu sinto falta naquela casa? Do meu cachorro, já velho, que tive de deixar com elas. Aquele eu sei que gostava de mim, era companheiro. Faz falta. Mas vamos voltar à narrativa do Vicente.

Já estou acabando. Minha vida não é mesmo muito interessante. Depois que Stela morreu, minhas duas filhas voltaram para viver comigo. Primeiro a mais jovem, porque estava se separando do marido. Depois a mais velha, que trouxe o marido. A casa era grande, cabia bem todo mundo. A vida se rearranjou e eu fiquei lá. Aposentado, tinha a companhia das filhas e dos netos. Meu genro é boa pessoa, não tenho queixas. Penso que ficaria quieto ali até o final, se não fosse esse vírus jogar na minha cara que sou um velho, dispensável, pronto para ser isolado em um quartinho nos fundos para não adoecer e criar problemas para a família. Ali, naquela casa, com a pandemia, eu não tinha mais lugar. Aqui, na mesa, eu me pergunto: será que antes eu tinha um lugar digno? Ou era só o velho que todo mundo gosta, aceita bem, mas que não acrescenta nada? Essa é a verdade: eu já não acrescentava nada. Assim como o Custódio que, pelo que está dizendo, também não fazia mais falta. Com você é diferente, Pepe. Diferente, sim, mas não é melhor. Lena e eu desenvolvemos um código silencioso de não agressão, um acordo tácito que facilita a vida dos dois. Eu estou aqui com meus amigos, falando de coisas que jamais falaria com ela, que também não fala quase nada de pessoal comigo. A gente conversa sobre o que tem de mais objetivo, tudo que é subjetivo fica guardado dentro de cada um. Eu queria te perguntar, Vicente, o que foi feito do seu enteado?

Aconteceu exatamente o que ele queria. Fomos esquecendo dele. Quando a mãe morreu, a irmã dele avisou. Ele mandou, então, uma mensagem para cada um. Para as irmãs e para mim. Com as irmãs falou em saudade. Informou que estava vivendo na Austrália, que já não ficava mais embarcado em um navio de pesquisa. Agora, fazia pesquisas oceonográficas, mas em uma universidade litorânea. Disse que estava feliz. Não informou se estava casado, solteiro, viúvo... Ele sempre foi muito reservado nessas questões. Eu acredito que ele é homossexual e imagino que ele deve ter algum companheiro, mas não tenho informação sobre isso. No final das mensagens, desejava felicidades às irmãs. Ou seja, um claro tom de despedida. Nunca mais fez contato. O que ele colocou na mensagem que mandou para você? Escreveu, em poucas linhas, que era grato porque eu fizera a mãe dele feliz. Que sentia muito ciúmes mas, com o tempo, entendeu que eu fui um ótimo companheiro, que cuidei dela até o final. Agradecia também por eu ter ajudado nas despesas para a formação dele. Não falou em afeto, só em gratidão. Mas, para mim, foi o suficiente. Eu fiz o que tinha de fazer, porque amava a mãe dele. Ele não tinha mesmo que me amar e nem eu tinha que amá-lo. Sempre nos respeitamos, só isso. Ele foi um anexo que veio com Stela. Valeu a pena. Carreguei o fardo, mas ganhei dela a prenda imensa. Stela me amou e fez tudo valer a pena. Agradeço a Deus por ter conhecido e possuído aquela mulher redondinha. Foi o meu maior tesouro. Eu fui feliz ao lado dela.

Caralho, essa sua narrativa enche a gente de vergonha. Eu nunca pensei assim de uma mulher, quanto mais falar. Aliás, pode ser que lá na adolescência, naqueles namoros juvenis, eu tenha idealizado uma mulher e um amor. Mas, cara, na vida real não encontrei nada disso. Claro que sonhei, desejei e me iludi, mas a regra é arranjar essas relações meio utilitárias, sei lá. Concordo, Custódio. Veja minha situação com a Lena. Ela me traía, parou depois que nosso filho morreu, voltou-se para a casa, para a igreja. Quase numa punição, purgando culpa, como um ritual para pagamento de pecados, como quem busca a salvação. Eu, de minha parte, resolvi me vingar pulando de cama em cama. Tudo errado. O certo, talvez, teria sido a gente se separar e cada um buscar uma relação de verdade, honesta. Deveríamos ter lavado a roupa suja, colocado tudo em pratos limpos. Mas, em vez disso, ficamos juntos, sem conversar sobre as bobagens que fizemos. Optamos pela hipocrisia e nos contentamos com isso. Vocês não me perguntaram, mas vou contar uma parte importante que ficou faltando outro dia. Estou precisando completar a narrativa. Nós continuamos a ter uma vida sexual. Todas as vezes que transamos depois que soube das traições dela, eu imaginava que ela estava com outro homem. Passei a depender disso para manter minha atração por ela. Então, era como se eu fosse outra pessoa ali no ato sexual. O tempo passou e não fiz nada para romper com isso. Continuava deixando que Lena fizesse sexo com outros homens, ainda que na minha imaginação. Da parte dela, deixava que eu andasse com outras mulheres, como se me estimulasse a "descontar" o que ela fizera comigo. Posso te perguntar uma coisa? O quê? Quando você estava com outra mulher, também imaginava Lena com algum homem? Cara, você está me apertando. Aí vai mais merda: quando eu estava com outra mulher, pensava em Lena. Olha que caminhos tortuosos eu encontrei para dar conta da vida.

Em uma ocasião pensei que estava ruim esse negócio de ficar dependente dessas fantasias para continuar levando uma vida aparentemente normal. Imaginei que seria bom desfazer algum nó e avançar com minhas relações afetivas. Sei lá, comecei a entender que eu estava empacado em algum ponto de minha vida e que nada mudava à medida que eu ia envelhecendo. Resolvi fazer análise. Pedi indicação a uma amiga, sem comentar nada com Lena. Comecei a fazer a tal terapia. A psicóloga era jovem, bonita, atraente. Eu percebi logo que jamais daria conta de tocar no que eu realmente deveria falar. Levei para as sessões a morte do meu filho, as traições de Lena, as minhas aventuras por aí, mas nada de relatar as fantasias recorrentes, repetitivas. Durante as sessões, várias vezes eu me lembrava disso, mas espantava o pensamento. Fazia exatamente o contrário do que era recomendado. Ou seja, veio na cabeça, fala. Pior do que isso, comecei a sonhar com a psicóloga. Sonhos eróticos. Sei que deveria ter falado isso com ela na sessão, mas não tive coragem. O que você fez? Fiz o mais previsível: parei de ir lá.

Aqui você está falando de tudo isso com naturalidade. É diferente. Não estou querendo resolver nada. Nessa altura da minha vida, o que foi é o que será. Mesmo se eu desatar o nó, ou os nós, e isso pode estar acontecendo quando coloco tudo aqui nesta mesa, nada vai mudar. Talvez eu pare de sofrer com o fato de essas fantasias me perseguirem, mas não vou pretender que elas desapareçam. Acho que fazem parte de mim, morro com elas. Minha esperança é morrer sem sofrer por isso. Agora você está sendo irônico. Por que você acha que aqui consegue falar do que nunca levou nem para a terapia? Porque não tenho mais nada a esconder, principalmente de mim. Não preciso mais representar, quando sei que do lado de fora um vírus me espreita e ele pode muito mais do que eu. Não necessariamente o corona vai te pegar. Eu sei. É uma metáfora. Em algum lugar, o vírus da morte vai me pegar. Quanto mais anos a gente tem, maior a chance. Aos setenta, vamos convir, essas chances são reais e concretas. Quanto tempo vou durar? Não tenho ideia, mas será muito menos tempo do que já vivi. Então, por que não me desnudar diante de dois caras que, com certeza, podem me compreender, sem me condenar? O que estamos fazendo aqui é mostrar que cada um carrega sua cruz, seja ela física, emocional ou afetiva. Culpa também é cruz. Mas por que sentir culpa por aquilo que, bem ou mal, me serviu como muleta para caminhar, ainda que trôpego? Se não tive condições de evoluir até me livrar das muletas, que me conforme com elas nessa altura da minha vida. Corona, fique sabendo que, quando você me pegar, estarei redimido.

Nem essa redenção é garantida. Não é mesmo! Quando eu falo para vocês aquilo que eu escondia até de mim, exponho minhas verdades principalmente para mim mesmo. Posso, então, me enxergar como eu sou, nem melhor, nem pior, só mais real. Eu paro de me esconder de mim e saio de cabeça erguida, aliviado por ter dado conta de falar. Deveria ter feito isso lá no divã da psicóloga, mas não estava preparado. Será que se eu tivesse feito terapia com um homem, ou uma mulher, alguém mais velho do que eu, teria condições de enfrentar a horrorosa besta fera que habitava em mim? Pode ser que sim. Mas pode ser também que tenha ido procurar uma mulher jovem e bonita justamente para não falar. Simples assim. Agora, quando eu encontro esses dois velhos como eu, sentados à mesma mesa, confinados, obrigados a ficar isolados do mundo, a sinceridade transborda. Que razão teria eu para me dedicar a contar aqui as vantagens que eu tenho? O que é mais importante, contar das mulheres que eu comi ou revelar o que se passava em minha cabeça durante as transas, de forma repetitiva e angustiante? Não deixei de comer por causa das fantasias, não posso deixar de contar para que vocês não me tenham em má conta. Não tenho motivos para impressionar vocês com minhas façanhas. É muito melhor colocar na mesa aqui, nessa reta final, no meio dessa pandemia e desse confinamento, que nenhum de nós é melhor do que o outro. Ou o beato Vicente nunca teve suas fantasias enquanto vendia as drogas milagrosas para suas clientes infelizes, mesmo sendo apaixonado com o corpo redondo de Stela? Não teria o menor sentido passar nossas horas aqui discutindo futebol. Se bem que estou ficando com saudades de ver jogos do Galo. Quando essa porra de quarentena acabar, antes da nossa sonhada viagem sem rumo pelas praias e plagas, vamos juntos ver um jogo do Galo? Claro. Com direito a cervejas antes e depois. E sem conversa séria.

8

Vicente, tenho de admitir que sinto saudades da minha netinha. Sei agora que faz falta até a bagunça de espalhar brinquedos pela casa. Eu reclamava, xingava, mas me faria bem se ela aparecesse aqui e provocasse bastante confusão mexendo nas minhas coisas. Mas, Custódio, por que você se admira disso? Você se privou da convivência com os netos que os filhos do primeiro casamento te deram. Agora, essa menininha entrou na sua vida e, só na quarentena, percebe como ela é importante para você? O isolamento amoleceu seu coração, mas se você continuasse morando lá, a própria netinha se encarregaria disso. Neto tem muito mais força do que filho. Eu sei disso desde que comecei a conviver com os meus. Você sente falta deles? Claro que sinto. Fala com eles? Claro que falo. Aproveito essas maravilhas da modernidade para ligar para eles e ver a carinha de cada um. Na verdade, falo mais com eles do que com minhas filhas. Aliás, não é que converso mais tempo com eles. Só que, quando falo, é puro afeto. Com as filhas tem questões objetivas para resolver, os comentários sobre esse vírus traiçoeiro, a preocupação com saúde, com dinheiro, com a vida cotidiana. Ao falar com os meninos, é só gozo. Isso que você nunca experimentou.

Essa quarentena está mesmo mexendo comigo. Nunca vivi essa sensação que você descreve sobre os netos. Para mim, a menina era uma pestinha tumultuando a casa e tirando as coisas do lugar. Agora você falou a expressão correta, Custódio. Neto é para tirar as coisas do lugar, mas dentro da gente. Quando ajunta neto com quarentena, o caldo entorna. Olha as sensações que você está vivendo: teve o contato com os filhos distantes, teve o impensável perdão do seu ex-sócio e agora a saudade da netinha. Aí dentro não tem quarentena, tem revolução. Poxa, não faça piada. Desculpe, mas não resisti. Aproveite, Custódio, curta, deixe as sensações brotarem. Ah, e manda mensagem para sua netinha, fala com ela, abraça ela virtualmente, como provavelmente você nunca abraçou pessoalmente. Foda, cara, esse isolamento está me transformando num velho frouxo. Não devia te contar, mas aí vai: esta noite acordei pensando na menina e chorei. De saudade da pestinha, acredita? Como é o nome dela? Bruna, Bruninha. Ela é linda, sabe, parece uma boneca, tem os cabelos encaracolados, uns olhos grandes e espertos. Você quer ver uma foto dela? Espera aí que vou entrar na rede social de minha filha para te mostrar. Veja! É muito bonitinha essa que você chama de "pestinha". Essa palavra, saindo da boca de um avô, é um grande elogio. Traz muito carinho. Esse assunto nem dá para a gente tratar perto do Pepe, coitado, ele não tem netos e perdeu o único filho ainda criança. Verdade, é melhor poupá-lo desse tema.

Eu quero te falar mais sobre netos. Perceba, olhe para trás, não é no filho que a gente vê a continuidade, é no neto. É como se a gente viesse lá atrás na fila. Tem os antepassados, tem a gente, tem os filhos e lá vêm eles, garantindo que você não vai simplesmente acabar quando morrer. Tem alguém garantindo a continuidade e é nos netos que a gente enxerga, ou sente, isso. Neto não é só continuidade, é quase a imortalidade. Funciona assim: você vai, eles ficam. Terão filhos, terão netos. E você permanece, como semente, como lembrança ou como nada. Mas enquanto está vivo, o sentimento é esse: raiz. A gente é raiz. Outra coisa importante é vê-los crescer, ganhar identidade, cara, personalidade. Cada um é um ser humano diferente, mas você pode observar traços seus. Olha que legal.

É muito legal. Poxa, Vicente, nunca tinha pensando em nada dessas coisas, mas faz todo sentido. Nem importa se tem ou não vida eterna, mas essa ideia de continuidade é muito legal. O que me ocorre é uma corrente. Eu sou um elo. Tem os que já passaram e também são elos. Os que vêm atrás e, provavelmente, outros que virão. Interessante. Mas tenho uma pergunta que nem vou tentar responder: essa corrente se fecha, volta ao princípio? Estou achando que isso é a eternidade, que sempre me aterrorizou. Se essa corrente se fecha em um círculo, estamos falando de princípio, meio e fim, só que você não pode identificar em que ponto está. Quando era menino, eu tentava pensar no infinito e ficava angustiado. A imagem que vinha era de uma estrada que tinha curvas, depois de cada curva, mais estrada, depois mais curvas. Pensar que algo não tem fim, nem princípio, é penoso para um comum mortal, concorda? São mistérios que a gente não pode compreender, Custódio. Mas que angustiam, Vicente. Você é um homem religioso, tem fé, acredita na vida depois da morte, na salvação eterna. Não posso compreender isso, para mim não é simples. A fé, a crença na vida eterna é reconciliadora. Dissipa essa angústia que você diz que sentia. Eu disse que sentia na infância mas, na verdade, esse sentimento nunca me abandonou. Infinito é como um buraco sem fundo. Como é possível ter um buraco sem fundo?

É como se eu fosse uma partícula vagando pelo universo, entende? Não praticar a fé dá nisso, está vendo? Sofrimento. Para que sofrer se posso me amparar em Deus? Você fala com tanta convicção, nunca duvidou de tudo sobre religião, que é criação do ser humano? Essa incapacidade para alcançar o significado do infinito pode ter levado a essas construções sofisticadas por parte do homem. Mas, Custódio, se existe esse incompreensível, é preciso encontrar uma explicação, uma referência. Ela está na fé, na crença, não apenas na religião, no ritual. É mais do que isso. Uma coisa eu posso garantir: quando a gente tem fé, essa dor que você traz é amenizada. Não desaparece totalmente, mas se acomoda. Não poder compreender é angustiante, mas não me tira o sono. Sabe, Vicente, tem uma coisa que eu consigo explicar: acreditar é mais fácil do que compreender. Mais cômodo também. Se eu não posso com esses pensamentos, nego a dor e abraço a fé. Poxa, não fale assim, é preciso respeitar a fé das pessoas. Não estou desrespeitando. O problema é que não consigo decidir: se penso no infinito, sofro. Queria que isso coubesse na minha cabeça. Se penso na religião, sofro também, porque não consigo ver solução. Nada me conforta.

Não vamos chegar a um acordo sobre esse tema. Podemos voltar a ele em outra oportunidade. Gostaria de dar uma pista: se para você o infinito é um buraco sem fundo, você encontrou a resposta. Como assim? Pensa na internet. Um buraco sem fundo. É a representação mais próxima do que não tem fim. Ora, você está brincando comigo. Não, só estou dizendo que existem coisas sem fim. Na internet cabe tudo, como na cabeça da gente. Nosso interior é infinito, não tenha dúvidas.

A propósito, eu quero voltar ao assunto da relação do avô com netos. Quando você se render completamente aos encantos da menina Bruna, o que parece próximo de acontecer, vai ver que não tem limites para essa relação. Vou logo avisando: todo avô é ridículo. Você não será diferente. Ridículo, como? Quer saber mesmo? Você vai ser ridículo quando contar aos amigos que sua neta é a mais bonita e mais encantadora do mundo; quando ficar de quatro para que ela brinque de cavalinho, sem pensar que depois vai sofrer com dor nas costas; vai rir das falas engraçadinhas dela como se fossem as ideias mais interessantes de que você já tomou conhecimento. Não vai perceber que, para quem está de fora, ela só é, provavelmente, uma menina igual às outras. Simples assim. Mas para você será sempre especial. Te aviso também que a gente descobre que o ridículo é uma ventura, porque isso só acontece em uma relação absolutamente verdadeira. Prepare-se para o mundo da espontaneidade, que talvez você nunca tenha conhecido. Sabe qual é o problema, Vicente, de ouvir tudo isso que você está falando? Qual o problema? Você não está levando a sério, né? É exatamente o contrário, estou levando muito a sério e, por causa disso, pensando em quanto tempo vai durar esse isolamento. Ou seja, queria saber quando vou poder abraçar aquela princesinha e, como você diz, abaixar no chão para que ela possa montar cavalinho no vovô. Como eu perdi tempo e como a impossibilidade de ver a Bruninha está doendo agora. Mas foi essa impossibilidade, esse distanciamento, que mostrou a você a importância que ela tem na sua vida.

9

Na última vez que esteve aqui, o Pepe deixou no ar uma questão que eu queria retomar com você, Vicente. Ele disse, não nessas palavras, duvidar que você nunca tivesse se interessado por outra mulher que não fosse a sua amada Stela. Eu fiquei intrigado. Você, um homem de fé, revelou aos dois amigos que foi um felizardo ao encontrar aquela mulher. Por outro lado, contou também que era comum ouvir histórias femininas no balcão da farmácia. Nessas histórias, nunca apareceu um personagem que mexesse com você? Custódio, eu falei sério sobre minha satisfação com a Stela. Eu gostava dela, eu desejava aquela figura redondinha. Foi uma sorte grande o nosso encontro ter sido tão bem-sucedido. Não sei se isso tem a ver com a minha fé em Deus e com o fato de ela também ser uma figura religiosa. Nunca tivemos uma briga séria, só mesmo desentendimentos quase banais. Mesmo na conflituosa relação do filho dela com minha mãe, fomos capazes de compreender um ao outro. Eu preocupado em defender minha mãe, ela atenta para proteger o filho. O Diogo era um problema, mas soubemos lidar com ele. Estou com a impressão que você foge do assunto. A pergunta direta é: você se interessou ou não por outra mulher?

Não posso negar que algumas pessoas que apareceram do outro lado do meu balcão eram muito peculiares, com histórias trágicas, dramáticas, engraçadas. Eu ouvia, ficava condoído, consolava. Mas havia aquelas que provocavam outro tipo de sentimento, era atração mesmo. Eu lamentava como mulheres tão interessantes podiam ser mal amadas ou desprezadas. Quem seriam esses idiotas que não sabiam identificar as qualidades da mulher e que, muitas vezes, desprezavam, jogando fora uma boa oportunidade de viver a dois? Mas tudo não passava de alguma fantasia, um desejo não partilhado, um segredo que era só meu. Eu prestava atenção nas histórias, no corpo também. Nunca apareceu uma redondinha como Stela, mas apresentavam outras qualidades. Então, sua fé não te impedia de desejar. Folgo em saber, porque ficava parecendo que eu estava errado. Saber que as oportunidades e a vontade surgiram não deixa de ser uma informação importante para mim, nesse verdadeiro processo de revisão que estou enfrentando na convivência com você e com o Pepe. Você nunca pensou em sair com uma delas, pelo menos para experimentar?

Por que esse silêncio? Você está olhando para o chão, Vicente. Tem coisa aí, né? O pior é que tem. Apareceu uma menina, um anjo possuído pelo demônio, que me tirou do sério. Nunca pensei em conversar sobre isso com alguém, mas como também estou passando por essa "revisão" que você falou, vamos lá. Por que o silêncio novamente? Porque foi há muitos anos, uns 20 ou 25, mas estou lembrando dela como se fosse ontem e sentindo falta da presença. Estou me extasiando com o cheiro que não saiu de minha memória e lamentando o fato de nunca ter provado o gosto dela. Primeiro eu vou dizer que era uma menina lindíssima, de corpo e de rosto, com uma pele sedosa, uma cor só dela, a ponto de eu não saber dizer se ela era loira ou morena. Ela pintava o cabelo de preto ou castanho e ficava morena; aparecia com os cabelos claros e era uma perfeita loura. Acho que ela era pequena, baixinha, mas eu não observava esse detalhe, não sei dizer. O corpo era bem feito, muito bem feito e dava para reparar, porque ela aparecia na farmácia com vestidos simples, soltinhos, que estimulavam a minha imaginação. Ah, era pequena, sim, por um detalhe: eu olhava para baixo para ver os seios maravilhosos, pequenos, desenhados sob o vestido ou vistos pela folga do decote. Ela nunca usava sutiã. O rosto era singelo, passava pureza, mas também volúpia. Ela era má, Custódio, era uma menina má. Como assim, má? Porque ela sabia que tinha verdadeiros poderes sobre mim e se divertia com isso. Sei que ela gostava de me provocar, de saber que eu ficava pensando nela. Por que você fala "menina", era jovem? Muito jovem. Eu era um homem maduro e ela na faixa dos 20 anos. Pensa o abismo que havia entre nós, pensa o estrago que ela podia fazer naquele homem de uma mulher só.

Essa moça, Glorinha, ia muito à farmácia. Com o tempo, ficamos íntimos. Ela me contava as aventuras amorosas dela, dava detalhes, explicava como fazia hora com a cara dos rapazes, adorava mostrar que não era de ninguém. Tripudiava de todos. Gostava muito, muito mesmo, de ver como me perturbava, como me excitava ao contar as histórias. Entrava em detalhes, só para me machucar. Tinha um jeito de passar as mãos nos cabelos macios que não era dessa terra. Eu imaginava como seria bom tocar naqueles cabelos e um dia, um único dia, eu ousei. Passei a mão nos cabelos e no pescoço. Ela ficou quieta, mas percebi a pele dela arrepiando. Glorinha notou minha excitação e, principalmente, minha perturbação. Logo eu recolhi a mão, constrangido. Ela riu, riu muito, riu alto. Glorinha gostava de me humilhar, de saber que podia fazer o que quisesse com o homem da farmácia. Jamais resisti a esse controle. Eu sabia que ela não era confiável, mas falava para ela de minhas filhas, da minha vida, perguntava se ia à igreja. Ela achava graça. Conseguia que falasse sobre minha relação com Stela. Queria saber se eu tinha tesão por minha mulher, se a gente transava muito, se Stela era interessada em sexo. Perguntava se o tempo não fazia a relação esfriar e me pedia detalhes para provar o contrário. Gostava de ouvir e eu contava, porque me excitava. Tínhamos um jogo perverso de que participava com gozo e culpa.

Comecei a imaginar mundos e fundos, pensava que estava com ela em uma praia, em uma cama, em um restaurante. Via a figura dela em meus devaneios, sempre com os vestidos soltinhos, cada vez de uma cor, com os seios soltos pulando lá dentro. Imaginava o calor da pele e seu gosto. Tinha certeza que o gosto dela seria delicioso, como eu nunca tinha encontrado outro igual. Olhava sua boca e desejava o beijo, o calor, a maciez. Poxa, a menina te perturbava mesmo, hein? Essa história durou muito? Durou, não saberia dizer se meses ou anos, porque é como se fosse um tempo só, um devaneio, um sonho. Eu me apaixonei, Custódio, perdidamente. Minha sorte é que Stela nunca percebeu, porque eu continuei sendo o mesmo marido. Não sei como, mas dava conta de não demonstrar que estava apaixonado por outra mulher, por uma menina, uma menina má. Guardei para mim esse segredo, meu melhor segredo.

Por que você não foi adiante, porque não chamou a Glorinha para sair, para viajar, para jantar, para namorar? Porque eu não queria estragar aquele sentimento que me extasiava, que me deixava inebriado. Eu sabia que, no fundo, não era mais do que um capricho para ela. Se eu tivesse alguma coisa física com ela, me desprezaria, do mesmo jeito que desprezava os rapazes com quem namorava. Glorinha nunca seria de ninguém, isso era certo. Mas não estou falando que era para você deixar Stela e casar com ela. Se você fizesse isso, daria com os burros n'água, com certeza. Pela sua narrativa, a menina era mesmo poderosa. Desculpa a liberdade, mas sendo gostosa como você diz, como ficar sem experimentar? Sabe quando você teme que alguma coisa se quebre ao primeiro toque? Eu não queria ver aquela fantasia gostosa se dissipando, como acontece com um sonho bom, que desaparece assim que você abre os olhos. Eu queria mesmo era guardar Glorinha só para mim e entendia que a melhor forma de fazer isso era não explicitar meu desejo, não avançar aquele sinal, não colocar em risco o sentimento inebriante que me dominava. Então, deixei o tempo passar, sempre esperando ansiosamente que Glorinha aparecesse na farmácia. Aquela menina má brincava comigo. Ficava dias sem aparecer e, quando voltava, tinha casos novos sobre suas conquistas e abandonos. Sim, ela conquistava e abandonava os namorados, que ficavam apaixonados, humilhados, andando atrás dela. Sua reação, depois de conquistar e possuir, era de desdenhar. Quase uma abelha rainha que fazia do homem um zangão sempre pronto a morrer por ela, sempre esperando que ela inoculasse em suas veias o veneno da traição, do abandono. Ela era má, Custódio. Eu sabia que ela era má. Na minha ingenuidade de homem supostamente maduro, fantasiava que, se eu a tivesse em meus braços, seria tudo diferente, ela ficaria presa, retida, dominada. Então, minha fantasia era principalmente de dominação, de posse. Imaginava que Glorinha se apaixonaria por mim e ficaria comigo. Mas isso só na fantasia, porque na vida real eu jamais cogitei de abandonar Stela. A outra era uma impossibilidade, um sonho, não podia passar disso.

Ah, não, você tem sentimentos puros demais. Nunca comeu, nunca sentiu o gosto, nunca apertou a carne da mulher que você desejava. Você tinha medo de ela contar para Stela caso se apaixonasse por você, já que era má, como você diz? Nunca pensei nisso, porque, de verdade, não cogitei de realizar a fantasia. Para ela, tudo não passava de uma brincadeira, uma diversão; para mim, um louco desejo irrealizável. Cara, você vive uma paixão dessas e não ultrapassa a linha mágica? Juro que não entendo. É muita frustração. Do jeito que narra, não tenho dúvidas de que ela toparia ter um caso com você. Ou não? Toparia, sim. Mas se ela me abandonasse, desdenhasse, como fazia com os outros? Eu preferi me dividir entre o desejo e a impossibilidade, para que aquela fantasia não se desmanchasse. Você é romântico demais para o meu gosto. Devia ter corrido o risco, mas mordido a fruta. Eu não pensaria duas vezes. Uma mulher bonita assim, bem safada, pela imagem que você passa. Você é ético, cuidadoso. Só para não quebrar o encanto. Se bem que, pensando aqui, você guardou essa lembrança inebriante. Faz sentido. Se tivesse comido, vinha o desencanto, que podia ser dela, seu ou dos dois. Você ficava idealizando a moça e podia ter se decepcionado. Se ela, de fato, desprezasse você, ia causar sofrimento. Talvez tenha sido melhor evitar, guardar a lembrança especial.

Só tem um problema, Custódio, a lembrança é inebriante, com certeza, mas vem junto uma dor, uma frustração, ou uma constatação, sei lá. Como assim, frustração? Essa é a parte mais difícil de revelar. Sabe por quê? Porque não é nada meritória para nós, homens, machos. No fundo, eu não investi na Glorinha, mesmo apaixonado, porque tive medo. Como assim, não estou entendendo. Eu tive medo dela, meu caro, essa é razão principal. Aquela moça era livre demais, mulher demais e me ameaçava. Eu ficava inseguro, temia não dar conta de realizar aquela fantasia de dominação, que ela risse de mim ao invés de se apaixonar. Eu tinha medo de não dar conta da liberdade dela. Era ameaçadora demais, perigosa demais. O que no fundo eu não quis foi correr o risco, pagar para ter aquela fada, ou bruxa, em meus braços. Eu não dei conta dela, Custódio. É isso. Corri para os braços de Stela. Por isso nada aconteceu no meu casamento, por isso minha mulher nada percebeu, porque eu protegi a relação, ou melhor, eu me protegi na relação com Stela, sabe, como uma tartaruga dentro do casco. É por causa disso que a lembrança da Glorinha é saborosa e dolorosa ao mesmo tempo. Eu não dei conta dela, não suportei meu desejo, não ousei enfrentar a liberdade daquela menina apaixonante e má.

10

Andar na rua nesse tempo de isolamento é angustiante, porque tem pouca gente, parece o fim do mundo nessa cidade quase fantasma. É sofrido também porque somos olhados como bicho que fugiu do zoológico ou doido que escapou do hospício. Um velho na rua é motivo de preocupação ou de indignação pelos outros viventes. Olham para a gente como se pensassem: "Sai da rua, velho. Quer se contaminar?" Uma moça falou assim para mim: "Vai para casa, senhor, é perigoso ficar na rua". Será que ela não percebeu que eu vinha carregando minhas sacolas de compras? A gente precisa comer, porra. Novamente é o preconceito contra o que chamam de "idoso", aquele que deve ficar isolado em um canto da casa, porque não serve para nada e pode morrer se contrair a Covid19. É um paradoxo. O mesmo velho que não serve para nada tem de se resguardar para não ir parar em um respirador ou ficar sem conseguir UTI no meio da crise da pandemia. Se sou descartável, qual o problema de ficar na rua? Se sou importante na vida deles, por que me confinar em um canto qualquer? O certo, meu caro, é que o velho é visto como imbecil, como inválido, como inoportuno. Quem sabe das coisas é o adulto jovem, com a gente eles têm alguma paciência e nada mais. Influenciam as crianças. De tanto ver o velho sendo tratado como incapaz, os pequenos passam a repetir o comportamento. Avô não sabe de nada.

Pepe, você que está chegando agora. Estamos falando sobre o lugar dos velhos como nós, ou a falta dele, nesses tempos de pandemia. Uma moça mandou o Custódio sair da rua quando ele caminhava de volta para casa carregado de sacolas de compras. O pior, Vicente, é que era uma moça bonita. Eu olhei para ela admirando a beleza. Afinal, é um tempo em que a gente não vê ninguém, quanto mais mulher bonita. Eu com um olhar de admiração, ela com uma postura de recriminação. Ela nem sonha que eu posso imaginar o corpo dela dentro do vestido. Eu não queria pensar que ela me vê como um problema. Por que vocês se espantam? Uma das razões que me levaram a me aposentar quando eu completei o tempo de serviço foi que os sindicalistas mais jovens não levavam minhas intervenções em consideração. Nas reuniões, quando eu pedia a palavra, ouviam educadamente e passavam para outro participante. O que eu dizia entrava por um ouvido e saía pelo outro. Quer dizer, independentemente do conteúdo de minha fala, ela era preliminarmente desconsiderada, porque vinha de um velho. E, se vinha de um velho, não tinha importância. Essa é a realidade, meus caros. Pensei, por que vou ficar aqui se minha experiência de nada vale? Peguei meu boné e fui para casa.

Foi o que aconteceu comigo. Os clientes, especialmente os mais jovens, olhavam para mim como se eu não fosse capaz de acompanhar a moda, continuaria fazendo cortes tradicionais ou antigos nas cabeleiras. Ou, provavelmente, temiam que minha mão não tivesse mais a firmeza necessária para fazer um corte bem equilibrado. Também achei melhor ir embora para casa. E você, Vicente, já disse que os clientes olhavam como se você não estivesse atualizado quanto às drogas modernas, quando deveria ser o contrário, alguém experiente na farmácia poderia até dar consulta e receitas. O certo, meus caros, é que essa pandemia nos coloca exatamente no lugar que nos cabe. Sorte nossa que podemos sentar os três em torno desta mesa, guardar uma distância prudente uns dos outros e falar sobre todas essas questões. Muita gente da nossa idade, impedida de ir à rua, fica mais solitária do que já é. Nós ainda podemos ficar aqui, beber cerveja e filosofar sobre as merdas que fizemos e as que fizeram conosco. Nesse mundo cruel com os velhos, somos privilegiados.

Ser privilegiado por ficar em um apartamento, sentado em torno de uma mesa e falando sobre a vida. É pouco. Eu gostaria de ter mais. Você terá, meu caro Athos. Você também, Aramis. Quando acabar essa fase de prisão em torno de uma mesa, vamos viajar por esse país, aproveitando tudo aquilo que não pudemos desfrutar até os 70 anos. Vamos nos divertir, vamos beber, vamos comer do bom e do melhor, vamos festejar, vamos admirar a beleza das mulheres e das praias. Espero que sim, Porthos. Chefiados e guiados por você, com sua imponência e boa conversa. Que seja bem diferente dessa rotina de cozinhar, lavar, limpar o banheiro, estender a cama, por sorte, dividindo cada tarefa com o Aramis, esse homem de fé que não me deixa desistir de gostar da humanidade. Não fosse a crença de Vicente, não sei se suportaria essa reclusão. Ser solitário, viver sozinho, foi opção minha, mas ficar confinado, sem poder ir à rua com liberdade, não. Ficar com medo dos outros clientes ao entrar em um supermercado é dureza. E o pior, não poder pensar em desfrutar dos carinhos de uma mulher. Na nossa idade, ser obrigado a ter apenas companhia masculina é castigo. Você tem sorte, Pepe, vive em paz com sua mulher. Eu não aguentei ficar com a minha. E o Vicente perdeu a dele.

Quer dizer que você sente falta da sua mulher? Eu não disse isso. Confesso que gostaria de ter a presença feminina ao meu lado, mas não a Solange. O prazo de validade dela já tinha mesmo expirado. Será que tinha mesmo? Você me disse ontem que entendeu como a sua neta Bruninha era importante na sua vida, mesmo que o avô implicasse com ela o tempo todo. Ah, a Bruninha, sim. Mas aí é outra coisa, completamente diferente. A pureza de uma criança não se compara ao egoísmo de uma mulher adulta, que deveria ser madura, mas não é. Esse é o caso da Solange. Vivia para atender os interesses dela e nada mais. Fez tudo para se juntar com nossa filha, para se opor a mim. Era como se eu fosse um estorvo na vida dela, o pomo da discórdia dentro daquela casa. Foi bom para todo mundo eu ter saído. Garanti a elas uma renda razoável de aluguel, mais do que suficiente para viver. Solange tem uma boa aposentadoria do tempo em que trabalhou como burocrata na Assembleia Legislativa. Agora ela pode se dedicar à vaidade, às fofocas. Só não pode bater pernas, porque também tem mais de 60 anos e é do grupo de risco.

Você ainda não contou sobre esse seu segundo casamento. A hora é agora. Comece do princípio, por favor. Pois bem. Depois que a Alzira foi embora levando nossos dois filhos, fiquei solteiro por uns anos. Vadiei, não posso reclamar. Conheci muitas mulheres e não sei explicar por que não decidi ficar com nenhuma delas. Naqueles tempos, eu cunhei uma frase que repetia para mim mesmo: "As mulheres de hoje dão muito mais e se dão muito menos". Ficava impressionado como cada uma que aparecia estava interessada em atender aos seus interesses e não ao interesse do casal e muito menos o do companheiro.

Era final de século e as mudanças aconteciam rapidamente. A mulher foi ficando cada dia mais independente e o politicamente correto era a igualdade entre os sexos. Não questionava isso, mas também não entendia. Até o meu primeiro casamento, os papeis eram claros, bem definidos. O homem era o provedor, a mulher cuidava mais da retaguarda, mesmo que saísse para trabalhar. Era diferente do tempo dos meus pais e muito mais ainda se comparado com gerações antes das deles.

Não vou negar que tive uma formação que me remetia a uma postura machista, de esperar da mulher o apoio, cabendo a mim o lugar de responsável pelo grupo. Com a Alzira, esses lugares não eram muito questionados. Ela era uma mulher forte e a prova maior disso foi a firmeza com que ela rompeu comigo ao não aceitar meu comportamento desonesto com o sócio. Agredi os seus princípios e ela não cedeu. Discordou, bateu o pé e foi embora. Não poderia viver com uma pessoa que agia em total desacordo com o que ela acreditava. Alzira era uma mulher honesta, verdadeira. Hoje eu reconheço isso com muita tranquilidade. Não estou falando necessariamente de comportamento e não saberia dizer se ela me traiu enquanto viveu comigo. Mas isso não está em questão agora. Eu falo da honestidade moral, da firmeza de princípios, da clareza de ocupar um determinado lugar e dele não arredar.

No tempo em que passei sozinho, depois da separação, pensava em aproveitar, mas também em encontrar uma companhia que realmente valesse a pena. Talvez eu tenha ficado com o pé atrás por causa do meu comportamento pouco recomendável com meu sócio, como se eu tivesse primeiro de aceitar os meus malfeitos antes de pensar em constituir uma nova família. Também não sei se foi isso. O certo é que não tive vontade de ficar definitivamente com nenhuma daquelas mulheres que apareceram. Não foram poucas. Eu era jovem ainda, tinha uma boa condição financeira, minha barriga e minha calvície não eram tão pronunciadas. Pude conhecer melhor as mulheres. Sempre achava que elas estavam interessadas em alguma coisa, mas não exatamente em mim. Eu tinha muita facilidade para encontrar companhia, mas ficava sempre com um sentimento de frustração, porque a relação não avançava, não passava de um ponto médio. Eu não enxergava uma possibilidade de encontrar uma pessoa que me oferecesse cumplicidade. Eu pensava assim: se eu contar para essa moça a verdadeira razão do final do meu casamento, ela continuaria comigo? Eu tentava responder. A que eu achava que não se importaria, certamente estava interessada na condição financeira, na comodidade que eu oferecia, sem levar em consideração que parte do meu dinheiro tinha sido roubado do meu sócio. Então, a pessoa teria um caráter mais próximo do meu e não seria a companheira que eu procurava. Se, por outro lado, a figura não suportasse a revelação e passasse a me olhar com outros olhos, pronto, estava definido. Talvez ela até servisse para mim, mas eu deixava de ser apropriado para ela. A terceira hipótese, em que a mulher, por me amar da verdade, seria capaz de me perdoar e de acreditar que eu tinha aprendido a lição, nunca me ocorreu ao olhar para todas elas. Eu pensava que nenhuma me amava verdadeiramente, ou incondicionalmente, aí eu desistia. Uma por uma foi sendo hipoteticamente testada pela perspectiva de conhecer meu maior segredo. Todas foram reprovadas.

Só que é importante dizer, também, que jamais eu contaria o que tinha feito para ninguém. Tanto que só fui falar disso aqui, nesta mesa, com meus dois leais mosqueteiros do rei. Nem com Solange, com quem você viveu tantos anos, você falou? Jamais, nunca tive confiança suficiente nela para me expor dessa forma. Não contei e tenho certeza que, mesmo depois de ter confessado a vocês, esse assunto continuaria sendo um tabu entre mim e ela. Minha filha também jamais ficaria sabendo que eu roubei meu sócio durante anos. Na verdade, não contaria isso nem para o amigo Vicente, nosso valoroso Aramis, que é quase um padre e poderia me perdoar. Ninguém nunca soube.

Fui passando de mão em mão até encontrar a Solange. Ela me pareceu diferente das outras. Mulher resolvida financeira e emocionalmente, tinha um bom emprego, um casamento desfeito. Sem filhos, deixou claro que não procurava uma aventura, mas uma relação duradoura. Ainda nos primeiros encontros, falou que estava cansada de relações casuais, que era tempo de ter um companheiro para seguir a vida. Gostei disso. Era uma mulher bonita, sete anos mais nova do que eu, uma conversa interessante, uma presença agradável. Comecei a pensar que nossos momentos de vida eram semelhantes. Afinal, eu também procurava uma companheira para seguir a vida. Fomos ficando. Ela tinha o apartamento dela, bem montado. Eu tinha minha casa, onde fiquei depois que Alzira e os meninos foram embora. Espaçosa, bem localizada, com quintal e jardim, em rua arborizada e tranquila. Passados alguns meses, Solange foi, definitivamente, morar lá. Naquela época, já ficava boa parte do tempo comigo.

Mas, espera, você está atropelando os fatos. E o teste hipotético da reação dela se eventualmente você contasse o tombo que deu no sócio? Nunca fiz esse teste com ela. Como assim, nunca fez? Raciocinem comigo: se eu fizesse, seria mais uma que eu dispensaria. No fundo, eu sempre soube que Solange era igual às outras. Mas desejava que ela fosse diferente. Se você pensar nisso agora, voltando no tempo, qual teria sido o resultado do teste? Ela não aceitaria por interesse, não precisava disso. Será que ela teria ido embora? Ou seria aquela terceira que ficaria a despeito do seu comportamento no passado, por amor? Não sei. Difícil imaginar a Solange naquela época, porque os anos de convivência me ensinaram que, certamente, ela não teria ficado por me amar incondicionalmente, porque isso nunca foi um fato. Vou tentar explicar: eu nunca fiz o teste hipotético, ou imaginário, com Solange, porque aquela relação estava boa para mim. Eu não me arrisquei a procurar uma resposta. Era cômodo ficar quieto, sem questionar. Tudo estava bem dentro do que eu desejava. Na outra ponta, percebia que para ela a situação era semelhante, ou seja, a recíproca era verdadeira. Não me apaixonei por Solange, mas pensei que as condições eram muito favoráveis. Bonita, independente, sem filhos, com renda própria, moderna, Solange significava minha chance de viver uma relação mais de acordo com os novos tempos que ela representava. Ela se dizia feminista; eu pensava que poderia deixar de ser machista.

Para que testar? A equação fechava bem. Como vivi sozinho aqueles anos, aprendi a realizar as tarefas caseiras e continuei fazendo, com naturalidade, quando era necessário. Tínhamos empregada, que cuidava de tudo. Tratamos logo de ter filho e nasceu uma menina que nos deu alegria. Tivemos babá para cuidar da pequena Márcia. Com seu trabalho, Solange passava os dias fora de casa. Eu também, preocupado em ganhar dinheiro na barbearia. Tudo foi muito bem, por bastante tempo. Eu não demorei a observar que Solange não se dedicava às tarefas caseiras mais simples, como cozinhar no cotidiano, lavar, passar, varrer... Isso era tarefa de empregada, não de uma mulher supostamente moderna, emancipada. Era fato também que ela não se entregou à maternidade como as mães que eu conhecera, tipo a minha, por exemplo, ou tipo Alzira. Cuidar da Márcia era um peso, um sacrifício que ela aceitava por pura obrigação, mas sem resignação. Reclamava muito. Queria ter mais tempo para ir ao cinema, a restaurantes, ao salão de beleza...

Eu não questionava nada daquilo. A gente conversava muito sobre as questões de homem e mulher. Solange falava como as relações eram injustas, que os homens tinham um comportamento machista e as mulheres ocupavam um lugar subalterno, inferior. Eu concordava, porque era a mais pura verdade. Ela me mostrou como nós, homens, somos criados para sermos servidos e novamente tinha razão. A sociedade era e ainda é injusta com as mulheres. Eu mesmo passei a observar traços machistas nas relações de pessoas conhecidas. Por exemplo, Vicente, se a gente convivesse naquela época, talvez eu identificasse que sua relação com Stela era desigual. Você o provedor, o líder, o chefe, ela a carregadora de piano, que cuidava de tudo, que se encarregava mais dos cuidados com as crianças. Não tenho dúvidas. Pelo que você está dizendo, sua relação com Solange era muito diferente da minha com a Stela. E você, Pepe? Como vê isso que estou falando? Se aplicaria ao seu caso? Não, não se aplicaria, pelo que eu falei com vocês, minha relação com Lena sempre foi muito igual na hipocrisia. O resto importava pouco.

Vocês devem estar pensando que tenho tudo muito claro na minha cabeça. Nada disso. São descobertas que estou fazendo enquanto converso com vocês, aqui na mesa. Depois desses nossos longos colóquios, fico remoendo o que falamos. Aplico à minha vida situações que vocês relatam e percebo avanços na minha compreensão. Na minha supostamente moderna relação com Solange, não havia espaço para questionamentos do tipo 'o que faço agora'. Era tudo tão claro, tão fácil de concordar. Solange se orgulhava de ser feminista e procurava ter amigas que pensassem como ela. Outra coisa: ela nunca ficaria amiga da Stela. Trataria bem, mas guardaria distância, porque ia considerar que a sua esposa era submissa à tradicional exploração da mulher pelo marido. No seu caso, Pepe, talvez fosse diferente, porque Lena não é assim. Engano seu, Custódio, depois que perdeu o filho, Lena mudou muito, ia demais à igreja, falava de perdão, de culpa, de pecado. Solange não ia gostar dela também, pode ter certeza. Ia classificá-la, erradamente, de beata.

O tempo foi passando e eu nem me dava conta de que a feminista Solange tinha atravessado para o outro lado e simplesmente deixado o papel original para a empregada, para a lavadeira, para a babá. Ela entendia que a mulher não podia ter dupla jornada e eu concordava com isso. Mas, com essa justificativa, não fazia nada. Hoje eu penso que talvez eu tenha feito mais pela casa e pela vida familiar do que ela. Eu nunca me furtei de fazer as compras, de lavar vasilhas, de cuidar da filha febril durante a noite... Fazia com naturalidade o que tinha de ser feito. Solange achava que seria absurdo ela fazer, porque trabalhava fora, cumpria sua jornada. É curioso pensar que a empregada, quando tinha alguma demanda de compra, passava diretamente para mim.

É fácil ser feminista assim. Não aceita exploração da mesma forma que não aceita responsabilidades. Quer a diversão, não quer a devoção. Aos poucos, fui percebendo que Solange não pretendia a igualdade entre os sexos, ela queria mesmo a desigualdade, quase uma inversão: antes o homem mandava e desmandava, agora é a mulher que manda e desmanda.

Sem condição de reagir, eu passava por cima de muita coisa. Convivia com meus amigos ocasionais, tomava minha cerveja na rua, vez por outra, arranjava uma companhia feminina e ia tocando a vida. Mas o pior, o pior mesmo, é que fomos parando de conversar. Eu não tinha uma base de argumentos para discutir com ela essas questões. Qualquer coisa que eu falasse retornaria como uma acusação de machismo, de rispidez, de hostilidade, de desrespeito à condição feminina. Quer dizer, eu estava preliminarmente errado, pelo simples fato de ser homem. Um dia, Solange, em uma conversa com amigos comuns, falou assim: "O único homem que andou na linha o trem matou". Eu fiquei chocado, porque era uma adaptação daquela piada racista que falava o mesmo absurdo em relação ao negro. Havia dois outros homens na mesa, além de três mulheres. Deu para perceber o mal-estar entre eles com a piadinha sacana de Solange, mas ninguém falou nada. As mulheres concordaram, eu acho, porque riram. Eu não reagi na hora, nem depois, porque não daria conta. A convicção dela quanto ao feminismo que imaginava praticar era muito forte. Estava segura demais do que acreditava e eu inseguro, porque sabia e reconhecia os séculos de dominação masculina. Em resumo, meus amigos, sem condição de exercer meu machismo, por convicção e por insegurança, aceitei a tal inversão e abaixei a cabeça.

Só no boteco, em companhia masculina, eu ocupava aquele lugar ridículo do macho que conta piada sobre a relação com a mulher, como se tivesse as rédeas na mão. É assim que os homens fazem, não é? Nunca tive controle de nada, era só no discurso, só da boca pra fora. Tomando cerveja, a gente costuma soltar fanfarronices que provocam risadas. Tudo mentira. Eu vivia uma situação desigual com Solange, muito mais do que com Alzira. No meu primeiro casamento, era tudo mais natural. A mulher avançava nas conquistas, havia um certo embate, mas também evolução. Com Solange, não havia embate, nem evolução. Era a realidade dada, invertida. Só que, nas conversas masculinas, escondíamos como eram, de fato, as relações. Ficava todo mundo posando de macho enquanto a vida corria do jeito que as mulheres determinavam. Ok, Custódio, estou entendendo. Mas isso não quer dizer que a situação estava boa para as mulheres, continua havendo muita discriminação, no trabalho, nas relações, na política... Eu concordo, Pepe, não estou dizendo que isso era bom para a Solange. Estou tentando explicar, ou melhor, tentando entender, que criamos uma distorção que não atendia a nenhum dos dois. O que deveria ser igualdade virou um desconforto. Eu nunca engoli direito a postura dela, que não demonstrava satisfação com a vida de que desfrutávamos. Olha que ironia. Antes era bom só para o homem; depois deu uma boa mexida, graças à quase rebelião das mulheres, com avanços, a partir da década de 1960, quando ainda éramos jovens; mais adiante, desequilibrou tudo, não resolveu nada, não ficou bom para nenhum dos dois.

Eu sei que é um tema difícil, espinhoso e falo dele sem ter muita clareza, porque acho que nunca me libertei da ideia de competição, de um enfrentamento que se traduzia nas piadas nas rodas de conversa com os amigos. Ficar diminuindo as mulheres, muito mais por não dar conta delas. Era como se fosse necessário afirmar, na roda masculina, uma superioridade que não existia há muito tempo. Tudo que o homem conseguia fazer, pelo que estou percebendo agora, era papel de bobo, com aplausos de outros ainda mais bobos. Eu não fui capaz de entender que estava participando de uma queda de braço e sendo visivelmente derrotado, quando eu deveria ter dado conta de colocar as mãos espalmadas sobre a mesa, para tentarmos entender juntos o que estava acontecendo. Na disputa, perderam os dois. Os homens se perderam e elas também estão longe de encontrar o lugar realmente ideal, onde feminino e masculino se encontrem e não que se enfrentem ou se fustiguem permanentemente. Por isso, trouxe aquela imagem de que a mulher de hoje dá muito mais e se dá muito menos. A questão não está no "dar mais", o problema é o "se dar" menos. Porque os outros membros da relação, seja marido, seja filho, seja enteado, seja quem for, saem perdendo e têm de se virar. Ao agir assim, elas se distanciam. Perde todo mundo.

O certo é que não fui feliz no casamento com Solange. Deu certo, apenas isso, e fomos tocando. Eu não sabia exatamente qual era o meu lugar, o meu espaço. Muito diferente da relação com Alzira, que era mais espontânea, mais natural. Eu ficava à vontade, acho que ela também. Isso permitia que nos entregássemos mais. Alzira era uma mulher muito digna e a prova maior disso é que não suportou a merda que eu fiz na sociedade com o Álvaro e, principalmente, não engoliu o fato de eu não ter dado o braço a torcer, não ter reconhecido o erro, me arrependido. Estiquei a corda e ela teve a coragem de ir embora com os filhos. Eu fiquei fodido e demorei anos e anos até me sentir, de fato, envergonhado. Essa parte vocês acompanharam. Com Solange, eu não abri o peito, nunca confiei integralmente. Penso que ela também não confiava, pelo simples fato de eu ser homem e, portanto, um suposto adversário. Nunca fomos cúmplices, parceiros reais. Estranho, né? Eu era mais maduro quando casei com ela e nem por isso a relação foi igualmente madura. Retrocedi diante dos supostos avanços dela. Eu sei que é muito confuso, vocês não devem estar entendendo direito, mas eu também não. Vou falando enquanto penso, tentando compreender de onde vem esse desconforto quando penso nos anos que vivi com a mãe de minha filha.

Você acha que ela tinha casos extraconjugais? Desculpa a brincadeira, mas é você quem disse que as mulheres de hoje dão muito mais. Eu não sei responder. Nas circunstâncias que estou narrando, é bem possível, ou até provável, que ela tenha se interessado por outros homens, mas como posso afirmar? Felizmente, nunca fiquei vigiando. Isso é bom, porque pode virar paranoia, obsessão e aí não tem felicidade que resista. Mas é ruim, porque agora não tenho resposta. Também, não sei se é importante. Ela pode, perfeitamente, ter achado que a suposta igualdade que praticávamos era suficiente. Ou pode ser que buscasse afirmar ainda mais a independência tendo aventuras. Não tenho como saber. Devo admitir que nossa vida sexual, por muitos anos, era bem satisfatória, pelo menos para mim. Ela era uma mulher bonita, que me atraía. Nos últimos anos é que, claramente, fomos nos distanciando e todas aquelas conversas que não tivemos redundaram em um processo de mau humor e impaciência. A presença dela passou a ser desagradável e, com certeza, a recíproca era verdadeira. Eu tinha razão, porque ela virou uma chata. E ela também tinha, por que me tornei um chato. Simples.

Simples e desagradável. Se eu não podia dizer, antes, que era feliz, nesses últimos anos posso afirmar que era infeliz. Queria sair dali, mas não tinha para onde ir. Arranjar outra mulher, na minha idade, parecia pouco sensato. Viver sozinho não me apetecia, temia a solidão. Até que a infelicidade falou mais alto e eu comecei a cogitar de mudar para esse apartamento. Ele estava alugado e, quando o inquilino foi embora, deixei ele aqui, vazio, esperando a hora em que eu tomaria coragem de encarar a solidão, de correr o risco de enfrentar a mim mesmo, nessa idade. Hoje eu percebo que essa possibilidade era também uma necessidade. Não seria legal eu deixar a vida passar toda sem conversas como essa. Quando eu me dirijo a vocês estou, de fato, falando para mim. Isso me ajuda a compreender muita coisa que fiz e, principalmente, aquilo que eu não fiz.

Minha situação foi ficando cada dia mais clara. Eu vivia com uma mulher que já não tinha o menor prazer em estar comigo, nem me proporcionava alegria. Tinha uma filha que foi passando, aos poucos, para o lado da mãe, inclusive porque eu não fazia nenhum esforço para estar próximo dela. Tinha aquela maravilhosa Bruninha andando pela casa com todo o charme do mundo, que eu insistia em não enxergar. Meus olhos estavam vendados e eu tateava pela minha vida feito um cego, às escuras, sentindo a dor da escuridão e sem me mover rumo à janela que eu poderia abrir para deixar entrar luz, sem caminhar para a porta que levaria à possibilidade de pensar na vida com um pouco mais de coragem, inclusive para ver o que eu não queria encarar, como minhas culpas. Até chegar o dia em que decidi vir para cá. Quando falei com Solange, era como se fosse uma decisão tomada muito antes, por ambos. Conversamos sobre questões objetivas. Ela ficou com o aluguel do apartamento que era dela, naturalmente. Ela me deu dicas importantes, ajudou na escolha de geladeira, fogão, micro-ondas, essas coisas. Desde o dia em que conversamos, não houve brigas, nem sequer animosidades. Eu estava fazendo o que os dois desejavam. Sabe, Custódio, eu espero, sinceramente, que isso vivido pela nossa geração represente uma transição, assim como para as mulheres da nossa idade. Nessa transição, nada foi totalmente resolvido. Então, minha expectativa é que haja mais e mais avanços, para que as próximas gerações sofram menos. Eu não tenho filhos, mas vocês têm. Se a mudança definitiva não for para eles, que seja para os netos de vocês. Para nós, realmente, é tarde demais. Ficamos espremidos entre o que era muito resolvido no tempo dos nossos pais e avós e o tempo que virá, para nossos filhos e, principalmente, netos. Não vamos ver essa mudança definitiva. Continuamos sendo os homens babacas tentando conviver com as feministas que nos enxergam como somos, ou seja, babacas. Assim, não há encontro.

Verdade, não vamos ver. O tempo que temos é suficiente apenas para entender um pouco mais tudo que vivemos, se for. Pode ser que a gente não consiga nem ter clareza dos avanços reais e da transição confusa e equivocada. Mas, voltando à minha decisão derradeira, porque acho que é a última realmente importante que tomei, a vinda para cá foi rápida e eu me surpreendi com a facilidade com que me adaptei. Comia na rua até chegar essa pandemia. Aí, abasteci a despensa e cuidei de preparar meu almoço e minha janta. Desde então, o carro ficou parado na garagem, não tem mais por que sair. As compras são só de reposição, feitas a pé. A chegada do Vicente facilitou ainda mais as coisas, porque dividimos as tarefas. Eu arrumo meu quarto e meu banheiro, ele faz o mesmo com os dele. O dia que um cozinha, o outro lava as vasilhas e vice-versa. O resto da casa, o que estiver mais animado limpa. As roupas a gente joga na máquina de lavar e tá tudo certo. Praticamente sem sair, não sujamos roupa. O que lavamos nem precisa passar. A vida está prática até demais. O sentimento também vai bem. Sinto-me em paz, apesar de, às vezes, vir a dor de ruminar e tentar equacionar o vivido e as lembranças. Tenho a certeza de ter feito a coisa certa. A presença de vocês dois é muito positiva. Funciona como um espelho, que me devolve a imagem, dando a chance de processar ou reprocessar. Ouço o que vocês dizem e fico pensando depois. Uma coisa, outra coisa, vão vindo à minha cabeça, na ordem que querem, de forma aleatória ou inconsciente, sei lá. É curioso constatar que, desde a mudança, só falei com Solange sobre questões muito objetivas, nada pessoal. Minha filha, às vezes, liga perguntando como estou passando. Depois do isolamento, ofereceu-se para fazer compras, se necessário. Dispensei, até pela chegada do Vicente. Eu me dei conta que nunca tomei a iniciativa de ligar para ela. Vou rever isso, estou errado. Quanto à Bruninha, pretendo fazer contato com ela. Quando ligar para a mãe, vou falar com ela, ocupar pelo menos um pouco o lugar de avô. Eu não posso me queixar, Custódio. Minhas filhas sempre ligam e eu mesmo telefono para conversar com meus netos. A sua relação com sua família é muito melhor do que a minha. Sorte sua.

Eu tenho uma novidade. O Diogo, meu enteado, procurou as irmãs perguntando se pode vir viver com elas. Está residindo em Paris e o companheiro dele morreu vítima do coronavírus. Ele ficou só. Disse às irmãs que tem vontade de reatar os laços. Acho que saber de minha mudança para este apartamento deve ter aumentado o desejo dele de viver com as irmãs e os sobrinhos. Eu nem sabia que ele morava com um companheiro, na verdade, nem que ele estava morando em Paris. Disse às irmãs que, chegando, pretende ficar 15 dias em quarentena. Prontamente, elas liberaram para ele o quartinho dos fundos, onde eu deveria ficar. Achei irônico, mas estou plenamente de acordo. Eles têm laços de sangue e vai ser bom para todo mundo. Perdendo o companheiro e ficando só, ele não vê mais razão para ficar em Paris. Só aguarda conseguir lugar em algum avião para voltar. Será bem recebido pelas irmãs, eu acho.

Ele ocupar o quartinho reservado para seu isolamento quer dizer alguma coisa além da ironia. Joga na nossa cara, mais uma vez, a realidade do velho. Ele vai chegar, ficar duas semanas isolado e estará livre para se integrar ao ambiente da casa. Já, você, Vicente, se estivesse lá naquele fundo da casa, saberia que não tinha data marcada para ser libertado. É cruel, porque na remota hipótese de sermos autorizados a voltar à convivência daqui a algum tempo, o que teremos ganhado? Basicamente, não morremos. Só isso. No nosso caso, ainda estamos aqui tentando conversar, refletir, mas a maioria dos idosos está é isolada mesmo. Nem os que têm família podem interagir. É cruel. Tem mais coisas igualmente graves. Enquanto não houver vacina para essa doença, todos estão sujeitos a se contaminar. Então, na nossa situação, será que vale a pena, em algum momento, pagar para ver? Se a gente sai e se contamina, agora ou quando acabar o distanciamento social, o que pode acontecer? De uma doença assintomática até o respirador e a morte. Para um jovem, pode valer o risco. Será que para nós vale? Sabe o que isso significa? Que nossa vida não voltará ao normal, talvez, nunca mais. Vocês já pensaram nisso? Que não temos saída, a não ser quando chegar uma vacina. Essa merda desse coranavírus mata, principalmente quem passou dos 60 anos. Nós temos 70 anos e estamos encurralados. O único prêmio que poderemos ganhar, nesta altura da vida, é não morrer. Nada mais. Nem abraçar sua neta você pode, nem beijar sua filha, muito menos procurar por uma mulher carinhosa para te fazer companhia. Imprestáveis e condenados à solidão, essa é a verdade.

Pepe, você agora pegou pesado. Falei alguma mentira? Não, é a mais pura verdade. Podemos nos considerar privilegiados por estarmos bebendo cerveja, nesta mesa, falando da vida. Mas isso é privilégio? Comparado com o quê? Com os velhos que estão isolados na própria casa, confinados em um quartinho enquanto os mais jovens saem para trabalhar? Recebendo a comida sem tocar em ninguém, com talheres, toalhas e roupas separadas, como se fossem eles os contagiosos? Está certo que a culpa é do vírus, mas ele só veio denunciar uma situação que é comum à maioria dos velhos. Dispensáveis e, agora, condenados à solidão. É a vida.

11

Meus caros, tem um assunto que eu estava evitando trazer para esta mesa. Sei que, neste caso, não vamos concordar em nada. Mas penso que ele é inevitável. Aposto que você vai falar de política. Como é que você sabe? Não sou bobo, estou vendo o noticiário, ainda que evitando, para não estressar. Sei que o país está pegando fogo por causa do vírus, mas também por causa da briga política. Como você é um cara com ideias meio comunistas, estava esperando a hora do tema chegar para nós. Já vou avisando que política não me interessa. Sempre toquei minha vida, sem preocupar com essa cambada. Você também, né, Vicente? Mais ou menos. É certo que ficar acompanhando o noticiário vai tirar nossa paz. Temos que nos preocupar em não morrer, não é pouca coisa. Minha aposentadoria é pouca, mas cai certinha no banco. Eu nem vou buscar, vou gastando com o cartão de débito quando faço compras de supermercado ou farmácia. O resto é resto.

Está na mesa. Sou capaz de apostar que vocês votaram em Jair Bolsonaro para presidente da República. Estou certo? Eu votei nele por desespero, procurando uma alternativa diferente daquilo que víamos num passado recente. Tudo dava errado. Na minha idade, já vi muitos governos. Nunca fiquei satisfeito com nenhum, cada um pior do que o outro. E temos esses deputados corruptos. Votei em Lula antes de ele me decepcionar. Quando decepcionou, foi para valer. O roubo dos governos do PT foi gigantesco, fala-se em maior escândalo de corrupção da humanidade. Então, votei no Bolsonaro por desespero, para ver se muda de uma vez.

O maior escândalo de corrupção da história da humanidade medido por quem, comparado com qual levantamento? Como você pode saber o que foi "o maior", ou seja, nunca teve outro que superasse esse. São argumentos que vão virando verdade e pronto. Todo mundo sai repetindo. E você, Custódio, qual a razão do voto? Eu queria tirar o PT definitivamente e nada melhor do que um militar, uma pessoa rígida, para encarar esses corruptos. Estava na hora de resolver isso. O capitão tem pulso firme e, desde que vi o estilo impetuoso dele, achei que era o homem certo para colocar ordem na casa. Então, me digam, vocês acham que está tudo bem, que escolheram bem o candidato? Até o juiz Sérgio Moro já saiu do governo. Vocês também já saíram?

Bom, já contava com esse silêncio. Vamos dar uma voltinha pelo passado. Vocês se lembram da campanha das Diretas Já, em 1984. Já éramos bem adultos, com mais de 30 anos. Algum de vocês esteve presente nas manifestações que aconteceram? Eu mesmo respondo: não. Vocês estavam trabalhando, preocupados em ganhar a vida como homens sérios que sempre foram. A situação política nunca interessou a vocês. Porra, Pepe, você está pegando pesado, eu não quero brigar. Nem eu quero brigar, mas estou seguindo a mesma lógica de abrir o coração. É preciso ficar claro que dói ver que pessoas como vocês, que podiam ter ajudado na conscientização de outros cidadãos, nem que fosse no balcão da farmácia ou na cadeira do barbeiro, nada fizeram.

Omitiram-se completamente, fecharam os olhos para não enxergar. Mesmo com as grandes manifestações em todo o país, a emenda para eleições diretas para Presidente não passou e houve outra eleição indireta. Lembram-se? Foi aquela que elegeu o mineiro Tancredo Neves, nosso conterrâneo. Claro que lembro, Tancredo era outro que ia consertar essa bagunça. Não sei se ia, mas não chegou a ser testado. Morreu antes de tomar posse. Eu fui à Praça da Liberdade no dia em que ele estava sendo velado no Palácio. Até morreu gente pisoteada. Claro, em velório vocês vão chorar o leite derramado. Estou dizendo que vocês deviam ter ido na hora de lutar pela vida, pela democracia. No velório não adianta mais.

O vice assumiu, governou, a inflação disparou... Foi foda o tempo da hiperinflação. Virou uma zona. Todo dia tinha um plano econômico e nunca dava certo. Veio a eleição direta. E vocês votaram em quem? Em Fernando Collor, o caçador de marajás. Só não votaram em Jânio Quadros lá em 1960 porque não tinham idade, não é? O primeiro presidente eleito com o voto direto ia acabar com os marajás, consertar tudo. Ou seja, está tudo ruim, vamos procurar um salvador da pátria. Deu no que deu. Desse voto eu arrependi logo. Foi um erro. Eu sei que foi um erro, mas vocês não aprenderam, como milhões de pessoas não aprenderam. Continuaram achando que uma fórmula mágica ia curar o que viam como um câncer no país. O vice assumiu e veio o Plano Real, que controlou a inflação e catapultou o ministro da Fazenda para a presidência. Ele ganhou duas eleições seguidas, até ficar tudo muito ruim novamente e o país tomar coragem de eleger um operário que, por incrível que pudesse parecer, deu certo. A vida melhorou e houve um tempo de bonança. Se o operário tivesse dado errado, sei lá o que teria acontecido. Como correu tudo bem, ele conseguiu ser sucedido por uma mulher, o que era absolutamente inédito.

Aí teve outro tempo de convulsão, com as manifestações de 2013. Eu lembro, por causa do preço da passagem de ônibus. Começou por isso e se expandiu, ganhou volume. Veio a Copa do Mundo de 2014 e os lendários 7 x 1 da Alemanha sobre a seleção brasileira. Era só o princípio. Dali para a frente foi um 7 x 1 todo dia. Deu tudo errado. A presidente conseguiu se reeleger. A economia ia mal, novamente, e ela foi bombardeada por todos os lados. A ponto de dar vergonha por causa de quanto ela foi agredida por ser mulher. Ela não conseguiu mais se firmar na cadeira, não deixaram. Foi tirada de lá com vocês dois, certamente, batendo palmas. Nem vou perguntar, porque tenho certeza. No lugar dela, ficou um vice que nada resolveu. Veio a eleição de 2018. Como ninguém tem memória, apareceu outro salvador da pátria e vocês foram lá e votaram de novo. Por desespero, como diz o Vicente, para impedir a volta do PT, como diz o Custódio. Agora, o cara está lá. Ele do lado de dentro, o coronavírus do lado de fora. O que vocês acham, está tudo bem?

Vou esperar o final para avaliar. Vamos ver como vai ficar o País quando acabar o mandato dele. Por enquanto, estou com as barbas de molho. E você, Vicente? Eu tinha certeza que não votava para deixar o PT voltar e não estou vendo notícias de corrupção. Acabar com a corrupção já é uma coisa boa. Você acredita mesmo que a corrupção acabou? Você viu as denúncias contra o ministro do Turismo e contra o cara da Comunicação? Não vi nada. E o caso Queiroz? Quem é Queiroz? Vocês não sabem quem é o Queiroz? Não, quem é? O sujeito que pegava de volta parte dos salários de quem trabalhava no gabinete parlamentar de um dos filhos do presidente. Um esquema chamado "rachadinha". Nunca ouviram falar? Não, nunca. Nem souberam que o Queiroz depositou um cheque bacana na conta bancária da mulher do presidente? Ele alegou que era pagamento de empréstimo, mas só de boca. Prova nenhuma. Eu não sabia de nada disso. Puta merda, se vocês não prestam uma atenção mínima ao noticiário, não tem mesmo como saber. Bobo que eu sou de pensar que daria para a gente conversar sobre esse assunto. De fato, isso não nos interessa. É tema para vocês, sindicalistas, discutirem. Nós não sabemos nada sobre isso.

Por isso que votam em qualquer salvador da pátria que aparece. Está bem, desisto. Só mais uma coisa: vocês acham que o presidente está certo de falar que todo mundo tem que voltar ao trabalho, menos quem está em grupo de risco, como os idosos e quem tem outras doenças que poderiam trazer complicações? A Organização Mundial de Saúde recomenda que o correto é que todo mundo que não trabalhe em atividade essencial fique em casa, para evitar que muita gente adoeça ao mesmo tempo, sobrecarregando o sistema de saúde. Vocês já viram o presidente falando que alguns vão morrer mesmo, que ao final a pandemia só traz uma "gripezinha"? Olha, eu ouvi ele falando. Fico na dúvida, mas não vou me arriscar. Seguro morreu de velho. Fico em casa. Mas o que você acha mais certo: quem não for de risco volta ao trabalho? Não, com isso eu não concordo. Seria muito triste ver gente morrendo sem atendimento nos hospitais. Mesmo com o isolamento a coisa já está feia. Temos mortos demais. E você, Custódio? Eu também acho. Vejo aquele povo nas manifestações contra sei lá o quê e penso: “Muitos aí vão morrer. Burros!” O melhor é, quem puder, ficar em casa. Tem mais uma coisa: no fundo, para nós não altera nada. Se voltar todo mundo ao trabalho ou se mantiver o isolamento horizontal, em que só sai quem não pode ficar em casa, nós temos de ficar aqui. No nosso caso, se correr o bicho pega, se ficar o bicho come. Estamos lascados.

Pelo menos nisso vocês estão tendo coragem de discordar do seu presidente. Aleluia! Se conseguirem prestar um pouco mais de atenção no que está acontecendo na política enquanto esse vírus nos deixa acuados, vai ser bom. Estamos sendo bombardeados por tudo quanto é lado. Não vou pedir que vocês se retratem pelo voto equivocado, mas espero que, com o tempo, caiam na real. Esse negócio de salvador da pátria não existe. De tempos em tempos, a história se repete. Sem contar que tem gente pedindo a volta da ditadura militar. Isso eu sou contra, defendo a democracia. Como defende, se não se manifesta? Ora, nem se eu quisesse. Estou aqui confinado, mal posso ir ao supermercado e à farmácia e, quando vou, ainda olham torto para mim. Você quer que eu vá a manifestações? Não, melhor a gente ficar quieto, não depende mais de nós. Seja o que Deus quiser.

No balcão da farmácia ou na cadeira de barbeiro as pessoas não costumavam falar de política? No meu caso, na barbearia, falavam sempre o que estava rolando na rua. Por exemplo, se eu estivesse ainda na ativa em 2018, iam todos falar bem do candidato Bolsonaro. Não é um lugar dado a discussões. O cliente fala e o barbeiro que for esperto tende a concordar. Falavam muito era de futebol. Aí, sim, havia discussão. De política não. Acho que quando vinha uma onda contra ou a favor de alguém, ia todo mundo para o mesmo lado.

Funciona assim: se o Lula estivesse na crista da onda, todo mundo falaria bem dele; quando ele caísse em desgraça, todo mundo caia de pau. Chega a ser engraçado. Lembro muito de quando Collor era o presidente. Primeiro, era um Deus, depois, virou o capeta. Fico pensando como deve ter sido com a Dilma Roussef nas barbearias desse meu país. Pode acreditar que barbearia é um bom termômetro do senso comum.

Você disse que sempre ouvia mais do que falava, né? Verdade. Por causa do meu jeito e da minha dicção meio infantil. A minha fala destoava daquele ambiente de adultos e eu preferia ser mais discreto. Isso fez de mim muito mais ouvinte da opinião dos outros. Agora, tem uma coisa. Acho que pelo fato de eu falar pouco, por timidez, os clientes se animavam a falar de situações mais pessoais. Eu me transformei em um bom ouvinte, pelas circunstâncias. O que eles falavam? Bom, em um ponto já toquei quando contava a história do meu casamento com Solange. Falavam das peripécias com as mulheres. Em outras palavras, contavam vantagens e, nesses casos, eu podia apostar que quase a totalidade das histórias era mentira deslavada. Apresentavam-se como conquistadores, como garanhões, como se fossem amados e disputados pelas mulheres e só me restava fingir que acreditava. Não sei por que os homens têm essa necessidade de falar que são os tais, que fazem e acontecem. Aposto que, na realidade, a maioria daqueles fanfarrões eram verdadeiros gatinhos em casa, perto das mulheres. Os que eram safados mesmo não ficavam falando, aprontavam caladinhos. Não precisavam fazer propaganda.

Mas tinha os que se aproveitavam do meu silêncio para fazer desabafos, quase sempre em voz baixa, olhando para o espelho, ou seja, mirando a própria imagem. Como se o ouvinte fosse ele próprio, ou como se o barbeiro não estivesse ali. Enquanto eu manuseava o pente e a tesoura, eles falavam. Sabiam que o tempo era curto. Não era comum com os outros profissionais. Algo em mim atraía aquelas confissões. Continuo achando que é minha dicção infantil, essa língua meio presa, dando a impressão de que estou dopado ou bêbado. Um barbeiro que fala pouco ou não fala é quase um confessor.

Conta alguma dessas confissões para nós. Vamos lá. Estou lembrando de um caso instigante. Um antigo cliente, que não era um homem velho, estava sentadinho na cadeira enquanto eu cortava seu cabelo. Silencioso, ele olhava fixamente para o espelho à sua frente. De relance, vi seu rosto refletido e tive a impressão de que havia lágrimas em seus olhos. Reparei melhor, era isso mesmo. Acho que ele percebeu que eu mirava seus olhos marejados. Então, começou a falar, em voz baixa, com tom de desabafo. Parecia que ninguém mais, além de mim, deveria ouvir. "Sabe, Custódio, a gente passa por situações na vida inexplicáveis. Aliás, não são inexplicáveis, mas inesperadas e com consequências que podem ser maiores ou menores". Ele fez uma pausa, sem tirar os olhos do próprio rosto refletido no espelho. Eu mudei de posição, dei um passo para o lado e, em silêncio, olhei também para a imagem no espelho. Uma forma de mostrar que eu estava interessado no que ele dizia. Mais um tempo se passou sem que ele voltasse a falar, como se estivesse tomando coragem ou avaliando a conveniência de falar mais. Falou! "Há muitos anos, uns 20, eu voltava de uma viagem à noite, sozinho no carro. Estava muito cansado, mas resolvi esticar para dormir na minha cama. Não sei se, por causa do cansaço, meus reflexos estavam alterados, mas não vi um homem caminhando na pista, bem perto do acostamento. Não consegui desviar, atropelei. Ele foi arremessado para fora da estrada, caiu perto da vegetação. Parei e corri até o corpo esticado, inerte. Havia sangue em volta do rosto. Pensei em carregar o homem, colocar no carro e rumar para um hospital. Comecei a arrastá-lo, ele continuava imóvel. Conclui que ele estava morto. Meu coração, que estava acelerado, quase parou. Fiquei sem ar. A ideia de ter matado um ser humano era muito assustadora. Observei que era uma pessoa simples, pelas roupas. Talvez um andarilho, talvez um morador das redondezas. A noite era muito escura e silenciosa. A estrada, pouco movimentada. Desde o momento do atropelamento, nenhum outro veículo passara por ali. Fui ficando aterrorizado. Tomei, então, uma iniciativa, por impulso. Larguei o homem, voltei para o carro e arranquei em alta velocidade. Tive medo do que poderia acontecer. De aparecer gente, de ser agredido, de ser punido pela morte de um homem. Eu fugi, Custódio. Você acredita que eu fugi?"

"Até hoje, muitas vezes, quando eu paro, como agora, sentado nesta cadeira, olhando para meu rosto refletido no espelho, a cena volta à minha cabeça, com detalhes. Eu me pergunto por que fui embora e deixei o homem inerte no acostamento. Cheguei em casa e nada comentei com minha mulher. Reclamei de cansaço, para o caso de ela observar que eu não estava normal. Ela não desconfiou. Tomei um banho, deitei, não dormi, mas procurei não ficar me movimentando para ela pensar que eu dormia profundamente. Nos primeiros dias, fiquei tenso, pensando se poderia ser identificado. Concluía que não. Meu carro tinha marcas apenas no para-choque. Com o impacto, o homem foi atirado para o lado, não caiu em cima do capô, não amassou a lataria. Era noite, não passou outro veículo. Durante dias, fiquei atento ao noticiário de rádio, televisão, jornal. Não vi nenhuma referência a atropelamento naquela estrada, naquela noite. Era como se nada tivesse acontecido. Fui relaxando quanto à possibilidade de ser identificado e punido. Mas a cena voltava à minha cabeça como um pesadelo tenebroso. Eu tentava imaginar o rosto do homem e não conseguia. Não tinha observado. Sabia apenas que era branco e magro. Sei que não era pesado, porque não tive de fazer esforço para arrastá-lo. O cabelo era preto. Não sei mais nada. A vítima do atropelamento era um homem sem rosto. Não demorou e a tensão virou arrependimento por não ter socorrido aquele desgraçado. Uma dúvida atroz passou a me assaltar durante as noites: e se ele não estivesse morto quando eu o abandonei? Isso aumentaria minha responsabilidade, porque ele pode ter morrido sem socorro. Quando eu fugi do local, tinha convicção da morte. Depois, não tinha mais certeza. Ele estava inerte, mas não conferi sinais vitais. Pensava, pensava e não conseguia ter certeza de nada. Se ele respirava, se o coração batia... Imaginava que ele poderia ter recuperado a consciência e agonizado no total abandono."

"Nunca tive certeza se aquele sujeito estava morto ou apenas desacordado. Nunca vou saber. Na dúvida, o tormento não acaba nunca. Não sei se matei ou não matei; não sei se abandonei um homem ferido na beira da estrada. Ele pode ter sido encontrado, vivo. Ou morto? Quem sabe sobreviveu e está aí até hoje, sem ter ideia de quem fez tanto mal a ele. E se ficou com sequelas, paraplégico, portador de deficiências? Tudo isso eu fico pensando. O pior é que eu nunca imaginaria que seria capaz de uma atitude como essa. Não estava no meu horizonte, na minha vida, na minha visão de mundo que eu pudesse ter uma atitude tão desumana, tão cruel. Custódio, eu fui capaz de abandonar no acostamento de uma rodovia um homem que eu atropelei. Fugi sem dar socorro. Quando o noticiário traz fatos assim, de gente que atropela e foge, eu fico observando a indignação de todas as pessoas. Penso: 'eu sou como esse aí'. Sofro, sofro muito com a culpa. Sei que nunca vou ser punido, nem absolvido. Na hipótese de eu procurar uma autoridade policial para confessar meu crime de total omissão de socorro, ninguém me daria crédito. Não há morto, não há ferido, não há registro do fato. É como se nunca tivesse acontecido. Eu gostaria que tivesse sido um pesadelo, mas foi real. Atropelei e abandonei um homem desconhecido no acostamento de uma rodovia."

Então, meu cliente parou de falar. Caiu em profundo silêncio, olhando para baixo. Não fixava mais a própria imagem refletida no espelho. Durante toda a narrativa, não falei nenhuma palavra. Guardei minha dicção infantil, porque sabia que, se falasse, quebraria aquele clima de confessionário. Não seria bom. Aquele homem precisava falar, contar para alguém a merda que tinha feito há tantos anos. Continuei realizando meu trabalho, sem pressa, para não acabar o corte antes do final da história. Quando terminei, ele se levantou, alinhou a roupa no corpo, pagou pelo meu trabalho, olhou nos meus olhos, colocou a mão sobre meu ombro e disse, no mesmo tom de voz: "Custódio, agora alguém sabe do meu crime. Dividi com você. Ter falado talvez me traga algum alívio, se for possível. Guarde meu segredo, se puder. A essa altura, nada faz mais diferença." Foi embora cabisbaixo, andando devagar pela calçada. Eu fiquei estático e, naquele momento, decidi que jamais comentaria aquilo com ninguém. Cumpri o compromisso que fiz comigo mesmo até o presente momento. Agora vocês também sabem que meu cliente atropelou e abandonou um homem no acostamento de uma rodovia.

São muitas as confidências que ouvi, mas algumas marcaram mais, especialmente as que envolvem a vida humana. Em uma outra situação, um cliente me surpreendeu com uma revelação improvável. Tratava-se de um homem religioso, de comportamento irrepreensível, tipo nosso amigo Vicente, aqui presente. Esse cidadão era profissional liberal, um advogado, mas tinha grande dedicação a causas sociais, com a chancela da igreja. Em síntese, era um bom samaritano. Eu cortava o cabelo dele, quando passou na televisão, que ficava sempre ligada, uma notícia sobre uma manifestação na porta de uma igreja, de repúdio à postura de um deputado que se posicionara a favor da liberdade de a mulher decidir pelo aborto. Dava para perceber como a reportagem mexeu com meu cliente, que se movimentou mais de uma vez na cadeira, enquanto assistia. Os movimentos, bruscos, colocavam em risco a qualidade do meu trabalho, porque havia chance de que o manuseio da tesoura fosse prejudicado. Terminada a matéria na televisão, ele se voltou para mim e comentou: "Essas manifestações não adiantam nada. Independentemente da legislação, o aborto é uma decisão de foro íntimo e ninguém faz ou deixa de fazer por causa de manifestações contra ou a favor." Eu achei até razoável a argumentação dele e não iria render assunto. Mas, na sequência, ele falou: "Um problema são as atitudes que tendem a vir junto com uma história de gravidez e aborto. Vou te contar uma que aconteceu comigo. Quer ouvir?" Com minha dificuldade de dicção, ensaiei uma reposta para quem tinha uma limitação como a minha: "Claro".

"Lá vai, então. Você sabe que sou uma pessoa religiosa e, teoricamente, contra o aborto em qualquer circunstância. Sempre dizia que tinha dúvidas até sobre as possibilidades previstas na lei brasileira. Nem gostava desse assunto. Mas quis o destino que justamente eu fosse viver uma situação complicada. Eu me engracei com uma mocinha simples que frequentava a minha igreja. Ela era pobre, mas muito bonita, um encanto de morena. Eu me esforcei para ajudar a família dela a terminar a construção de uma casa em um bairro de periferia. A menina tinha um olhar que me deixava desnorteado. Eu nunca tinha vivido uma situação assim na vida. Tentado, acabei decidindo que gostaria de beber daquela fonte. Cortejei aquela moça, que não resistiu muito até cair nos meus braços. Eu era mais velho do que ela, mas ainda jovem, bem apessoado. Sem contar que ela tinha uma espécie de dívida de gratidão comigo, pela ajuda na construção da casa da família. Tivemos um caso, que muito me agradou e até hoje me traz boas lembranças. Só que o destino tramara e eu não sabia. Essa menina engravidou. Quando ela me contou, meu mundo caiu. Era inadmissível que um homem com o meu perfil fosse envolvido com a gravidez de uma menina jovem e pobre, frequentadora da igreja. O julgamento sobre meu ato seria implacável e meu nome de homem sério, ético, bondoso, bem casado iria para a sarjeta. Ninguém me aceitaria mais no lugar de rezador, minha mulher não engoliria aquela traição e, ao final, a própria igreja teria dificuldades para defender um homem que colocava em risco a imagem da própria instituição."

"Se aquela gravidez viesse a público, eu estaria moralmente destruído. Foi aí que o demônio que existia dentro de mim assumiu as rédeas. Tomei uma decisão que não combinava com minha história: aquela criança não poderia nascer. Chamei a minha amante e falei que seria preciso tirar o feto. Ela demorou a entender que eu estava falando em fazer um aborto. Quando a ficha caiu, ela não queria acreditar que aquela proposta estivesse partindo de um homem como eu. Mansa, argumentou que teria o filho de qualquer maneira, que aborto era contra os princípios religiosos dela. Eu fui firme, irredutível. Ela disse que poderia se mudar de cidade, que bastava que eu desse uma pensão para ajudá-la a criar a criança, que jamais me criaria problemas. Eu não acreditei. Temia que ela se mudasse, mas depois, no futuro, aparecesse pedindo mais coisas ou colocando em risco minha reputação. Insisti, ela resistiu. Eu não via saída. Aí, apertei mais o torniquete sobre a minha moral. Disse a ela, segurando e apertando seus braços, que eu estava exigindo que ela tirasse o filho. Ela sentiu dor, ficou assustada, porque eu era, habitualmente, um homem gentil. A agressão, a força aplicada sobre os braços dela não dialogava com meu modo de ser. Então, ela entendeu que eu falava sério e teve medo. Chorou, chorou muito. Quando se acalmou, eu disse, com a voz mais firme que pude fazer: "Se você não fizer esse aborto, eu te mato. Aí, vão morrer mãe e filho". Coloquei diante dela um envelope com dinheiro e o endereço de uma clínica clandestina, que eu tinha pesquisado. Ela olhava para mim, sem acreditar no que estava acontecendo. A conversa acontecia nos fundos da igreja, bem perto do altar sagrado. Levantou-se devagar, enxugou as lágrimas e falou: 'Quero que você vá comigo, num ato de misericórdia. Não tenho coragem de ir sozinha'. Fui. Ela fez o aborto e jovem, forte, recuperou-se muito rapidamente. Ninguém diria que tinha sofrido aquela violência. Ela não falou mais comigo, até anunciar que ia se mudar de cidade. Perguntei para onde ela iria. A resposta foi definitiva: "Não interessa. Você nunca mais vai saber de mim".

"De fato, nunca mais vi aquela mulher, que mostrou ter muito mais dignidade do que eu, um homem capaz de ameaçar de morte a mãe e o filho. Não me pergunte se eu cumpriria a ameaça. Eu nunca tinha matado sequer uma barata, mas também jamais tinha decidido por um aborto, nem ameaçado a vida de uma pessoa que me fazia bem. A menina não quis pagar para ver. Violentou todos seus princípios e cedeu à minha exigência ou à minha ameaça. Depois que ela desapareceu, minha consciência não me deu sossego. Tentei apagar aquilo tudo de minha memória, mas não foi possível. Ficaram duas lembranças, uma ligada umbilicalmente à outra: o malfeito, o pecado mortal, a culpa e o gosto da aventura com aquela menina bonita e doce. Lembranças misturadas, porque uma sempre trazia a outra e o resultado era o mesmo: dor. O tempo passou, eu diminuí muito minhas atividades na igreja, concentrando-me naquelas que não envolviam religião. Quer dizer, continuei com o trabalho social, mas não com a reza que, sei agora, era hipócrita, porque fui capaz de agir contra um mandamento da lei de Deus: 'não matarás'. Ora, eu não hesitei em pensar na morte da menina e de seu filho, tão logo me senti ameaçado na minha imagem, na minha reputação. Uma bobagem, né? Então, a reputação vale mais que a vida? Eu estava disposto a matar para não ser exposto a julgamento. Temi que fosse revelada minha alma doente?"

“Por isso tento não fazer julgamento sobre questões como aborto e outras. Matar sempre foi para mim um mistério muito grande. Eu me indagava como era possível uma pessoa tirar a vida de outro ser humano. O que seria motivação suficiente? Isso até o dia em que a questão se apresentou diante de mim e eu não hesitei. Atravessei a fronteira e, agora, quando olho para trás, vejo uma planície devastada, que não tem mais nada a ver com o que eu acreditava e pregava antes. Talvez eu tenha me tornado até uma pessoa melhor depois do que aconteceu, porque não fazia mais julgamento superficial. Aliás, parei de fazer julgamento. Cada um sabe o que vai no seu íntimo, o que sua alma suporta. Sabendo de minha extrema fraqueza, passei a compreender a fraqueza dos outros. O ser humano é isso mesmo: por um lado, muito mais capaz do que imagina, para o bem e para o mal; por outro lado, fraco a ponto de ser facilmente vencido por tudo aquilo que expõe e denuncia, justamente, a sua fragilidade. O ser humano não dá conta da própria fragilidade. É capaz de matar para não expô-la e não ter que enfrentá-la. Sei que é louco esse raciocínio, mas é a mais pura verdade. É isso, meu caro Custódio. Você é um bom ouvinte. Eu te entrego essa história, para mostrar que somos o que somos, por mais que haja representação e dissimulação. Faça da revelação o que quiser, só peço que preserve minha identidade. Conte o milagre, mas não revele o santo, porque eu não suportaria ser exposto sem a capa que carrego pela vida afora.”

Mesmo autorizado, nunca contei para ninguém. Respeitei a confissão do meu cliente, talvez por me identificar com a ideia da fraqueza de princípios. Nunca matei ou ameacei ninguém, mas fui capaz de dar prejuízo ao meu sócio e amigo. Também ultrapassei os limites dos meus princípios e deixei claro para mim mesmo que a barreira entre o certo e o errado é muito tênue. De fato, nada é inverossímil quando se trata do ser humano. Somos muito mais capazes de romper barreiras do que podemos, em princípio, imaginar. Senhores, é muito mais fácil fazer o mal do que o bem. Para fazer o bem é preciso resistência; para fazer o mal, basta não resistir.

Vicente ouvia história de mulheres no balcão da farmácia? Ouvia sim. A narrativa de Custódio me fez lembrar uma mulher que ia sempre à farmácia, porque tinha uma mãe doente que consumia muitos medicamentos. Ela contava até com um desconto especial. Uma mulher bondosa. Cuidava da mãe idosa, dos filhos e do marido, até ficar viúva, pouco tempo antes da conversa em que ela fez revelações. Uma típica cuidadora. De meia idade, tinha o rosto bonito. O corpo não, mas dava sinais de que, na juventude, rosto e corpo formavam um belo conjunto. Como ela era muito assoberbada em casa, com tantos afazeres, gostava de fazer uma horinha quando ia à farmácia. Não posso negar que ela gostava da minha companhia. A conversa surgiu numa tarde em que eu separava os remédios que ela estava comprando. Uma moça jovem entrou e foi direto à prateleira onde ficavam os preservativos. Escolheu os que queria levar e, sem hesitar, foi pagar pela aquisição. Minha cliente observou todo o movimento. E comentou: "Ela compra camisinha com tanta naturalidade..." Era um tempo em que preservativo tinha o objetivo de evitar gravidez, sem uma conscientização sobre os efeitos dele para impedir a transmissão de doenças. Eu achei curioso aquele comentário. Significaria que ela não teria a mesma naturalidade? "Se tivesse, não tinha acontecido o que aconteceu comigo." Eu perguntei: 'como assim?' Ela contou, aí sim, com naturalidade. Quando os filhos eram pequenos e ela bem mais jovem, teve um caso com um amigo do marido. Disse que se apaixonou, que foi incontrolável. Sem a naturalidade com que ela se referiu ao ato de usar camisinha, engravidou e passou a viver um grande dilema. Não sabia se o bebê era filho do marido ou do amante. Segundo ela, os dois eram muito diferentes fisicamente. O risco de o futuro filho parecer-se com um ou com o outro era grande. Estava claro que, se fosse fruto do amor clandestino, logo, logo ela ficaria denunciada. "Eu não podia correr esse risco. E meus filhos, minha mãe, meu marido? Minha vida acabaria". Ela contou que conversou com o amante, que também ficou em pânico. Afinal, estava comendo a mulher do amigo. Aí, não tiveram dúvidas: aborto. Minha amiga contou que chorou noites e mais noites seguidas. Para aplacar a preocupação do marido e da mãe, disse que estava sofrendo de depressão, que precisava ser medicada. O amante foi quem indicou um médico, seu amigo, de boa fama. Certamente deve ter prevenido o psiquiatra, porque ele não hesitou em passar medicação para a mulher. Como o efeito colateral do remédio era moleza no corpo, sonolência, não houve desconfiança quando ela voltou debilitada depois do procedimento de interrupção da gravidez. O marido jamais desconfiou e o caso com o amigo dele acabou na porta da clínica clandestina. O cara, que também era casado, mudou-se com a família para outro Estado e a convivência dos dois grupos foi a zero. Nem é necessário dizer que ela também era amiga da mulher do amante que, no entanto, era bem mais próximo do marido dela. A relação dela com a outra mulher aconteceu em função da amizade dos dois, que era antiga. Na prática, era como se o Custódio comesse a Lena ou o Pepe paquerasse a minha

Stela. Hipocrisia para todo lado.

Feito o aborto, afastadas as duas famílias, todo o episódio ficou guardado a sete chaves. Só depois da viuvez, ela se permitiu falar no assunto, inclusive ao padre, em confissão. Disse que não sentia mais a dor e a culpa, a não ser uma nostalgia por não ter visto a cara do filho que gerara. No caso dela, desculpava-se argumentando que toda aquela merda, se viesse a público, atingiria a vida de muitas pessoas, nas duas famílias. O melhor mesmo foi cortar o mal pela raiz, alegava ela. Nunca achei que fosse tudo assim tão tranquilo para ela, mas não polemizei. Aceitei a versão, acolhi a revelação e decidi não julgar. Naquela época eu já sabia que não deveria fazer juízo de valor sobre a ação dos outros, porque eu tinha consciência do que se passava no meu íntimo, com meus desejos e fantasias, como foi no caso da menina má, que já contei a vocês.

De novo a questão do julgamento. A gente passa a vida julgando e sendo julgado, muitas vezes condenado. As justificativas para as ações estão condicionadas às regras, quase sempre morais ou religiosas. Curioso que o limite deveria ser sempre a ética e não as convenções, que acabam pesando mais. É muito difícil alguém admitir que está errado no essencial, no grande ato, na grande merda. As pessoas pedem desculpas em ações banais ou menores, mas é muito pouco provável que façam isso depois da grande falha. Aí a tendência é não revelar, trancar a sete chaves e tentar apagar até da memória. Se não for revelado, não aconteceu. O cidadão pode continuar andando com a mesma roupagem que adota, aquela que se adapta ao corpo e deixa tudo certinho, mesmo que o remorso fique remoendo pela vida afora. Muito difícil para o ser humano dizer “eu não presto”, “sou um traidor”, “sou um ingrato”, “sou um ladrão”, imagina dizer “sou um assassino". Todo homem conta na mesa do botequim que deseja a mulher do não muito próximo. Ele deseja a do próximo também, mas não conta, porque este, provavelmente, frequenta a mesma mesa. O que eu quero dizer é o seguinte: a gente conta aquilo que não prejudica muito, vai até um certo ponto, mas não passa dali. Todo mundo faz as bobagens, mas doura a pílula. Ninguém se declara uma pessoa do mal, porque não quer acreditar nisso. O que fazemos de errado seria circunstancial, uma fraqueza, de momento ou continuada. Isso quando a culpa não é colocada no outro. Porque tem o efeito do mal, mas tem quem fez. É como se você conseguisse consumir com o efeito do que fez ou escondê-lo como um lixo debaixo do tapete. Significaria que aquilo não aconteceu ou que você não teve culpa. Só é culpado mesmo se for pego em flagrante delito, batom na cueca, fora disso, a gente arranja uma desculpa e sustenta a mentira, para ver se o outro acredita e, principalmente, para tentar crer na versão que nos convém.

Se fosse exatamente assim, não haveria essas confissões gratuitas, como nas histórias que ouvimos aqui. Verdade. Então, não funciona totalmente. A versão autoindulgente pode colar por um certo tempo, até a sementinha romper a casquinha e dar frutos. À medida que o tempo vai passando, a idade avançando e o fim se aproximando, fica cada vez mais difícil enganar a gente mesmo. Talvez a gente tenha de passar por uma hora da verdade, inclusive, porque aquilo que era tão terrível vai tomando cara de coisa do ser humano, vai deixando de ser absurdo, a culpa pode ir perdendo força quando o efeito do malfeito fica distante no tempo.

Penso que isso depende também do nível de doença ou de loucura de cada um. Uns se enganam mais, outros se enganam menos e pode variar a gradação e o peso da culpa e do remorso. Aquele que consegue se enganar, vai tocando. Outro problema é que, às vezes, é só ele que não sabe que os outros sabem. A maledicência rola solta, em todos os níveis. Se a versão apresentada é palatável, a maledicência é menor; se a história é mal contada, a conversa corre pelos corredores. Nesse caso, a hipocrisia fica generalizada. Todo mundo torna-se parceiro na maldade. O dono da história e os comentaristas dissimulados. Por isso, discute-se tanto sobre amizade. As que vão, as que ficam, as que chegam... Tudo isso para tamponar a enorme solidão do ser humano. Essa solidão se manifesta na dor, na mentira, no sofrimento, porque dividir alegria é fácil. Funciona assim: na festa, fala-se em alto e bom som, entre risadas e abraços. No velório, fala-se baixo, entre suspiros e abraços. Todo mundo reconhece as qualidades do morto, mas em voz baixa os defeitos comparecem também, desde que os familiares mais próximos não ouçam.

Nesse contexto aí, sobra pouco para o ser humano. O que fica nem é muito meritório. Eu tenho de concordar que funciona assim mesmo. Passei minha vida inteira escondendo que dei o cano no Álvaro, mesmo pagando o alto preço de ver meus filhos se afastarem. Para não lidar com a culpa e expor a chaga, expiei o peso do remorso em outros sítios. Uma distorção grosseira. O que teria sido preferível: essa perda dos filhos ou ser punido pelo mal que fiz ao sócio e à ética? Admitir que não era perfeito e ter a chance de manter meus filhos por perto ou sentar sobre o rabo que eu não queria mostrar? Visto daqui, me parece que o mais razoável era mostrar e enfrentar a cara feia do monstro que habita minhas profundezas. Será que eu tive mais medo do julgamento externo ou de saber que eu não era nada do que aparentava? O cidadão que deixou o atropelado abandonado no acostamento da rodovia sofreria mais se tivesse revelado sua omissão de socorro do que sofreu guardando esse segredo de qualquer jeito dentro dele? A não ser que, como já pensei várias vezes, o demônio dele seja ainda mais feio do que ele pintou quando fez a confissão. Como assim? E se ele atropelou o cara de propósito, num impulso assassino? Ele contou que o homem caminhava na pista, próximo ao acostamento. A estrada estava deserta, mas ele não falou em chuva, cerração, neblina, nada disso. Parece que não havia problema de visibilidade. Não posso descartar a hipótese de que ele viu o homem, entendeu depressa que ele estava só e que para atropelar e matar era só não desviar, não fazer nada, continuar acelerando. Nesse caso, não estaríamos falando em omissão de socorro, mas em assassinato. O que de fato atormenta a consciência daquele homem?

No caso do outro, ele conta que ameaçou tirar a vida da amante e da criança e que ela hesitou, mas concordou. Fez o aborto e desapareceu. Essa é a versão que ele trouxe para aliviar a culpa. Ou para melhorar sua imagem ao reconhecer um erro? Você acha que ele estava mentindo? Desconfio que ele pode ter contado uma parte da história, que seria verdadeira até a hora da ameaça. Vamos imaginar que a moça resistiu e disse que não faria o aborto. Lembrem-se que, segundo ele, a mulher desapareceu para sempre? E se ela foi assassinada? E se ele cumpriu a ameaça diante da resistência dela? Ele teria, também, de confessar um assassinato, ali na cadeira do barbeiro. Será que isso ele faria? O que imagino, e tomara que eu esteja errado, é que essas confissões assim gratuitas, inesperadas, são uma forma de passar uma imagem humana, mesmo trazendo uma história que poderia ser classificada de desumana. A questão é que a verdade pode ser muito pior. Até no caso da mulher que era amante do amigo do marido. Traz a dor da dúvida, sobre quem seria o pai do filho que ela carregava no bucho. Qual a outra hipótese? Ela sabia muito bem que o filho era do amante, porque é possível, ou provável, que ela, envolvida e apaixonada, nem estivesse dando para o marido. Falando da dúvida, é como se a mulher ganhasse um benefício, porque teria sofrido muito. Apresenta como uma fraqueza, quando o que fez foi uma maldade premeditada, uma traição suja, dentro de casa, desrespeitando o marido e a mulher do amigo. Percebem como sempre pode ser pior quando se trata de ser humano?

Vou falar de mim agora: quanto era meu gozo ao enganar covardemente meu sócio, tirando dele um quinhão precioso da renda, mês após mês? Se fosse só a culpa pela malfeito, talvez eu tivesse conseguido encarar Alzira, assumir o erro e, olho no olho, levá-la a acreditar que eu tinha agido mal, mas merecia uma chance se reparasse, de alguma forma, o prejuízo que dera ao Álvaro. Mas tem chance de o buraco ser mais embaixo. Pode ser que eu tenha gostado de ser ladrão, de dar tombo, de vivenciar a desonestidade, de desdenhar dos princípios e da moralidade. Talvez me desse prazer ser imoral, ser vil, ser cruel. Eu posso afirmar que não foi por isso que me calei ou neguei o desfalque? Não, não posso afirmar. E você, Pepe, que tinha prazer ao imaginar as traições de Lena? Também não fica bem na fita, ou melhor, fica um pouco pior como ser humano, não é? Então, meus amigos, está claro que tem outra verdade atrás da verdade. Ela vem em camadas?

Puta que pariu, esse coronavírus está nos atingindo em cheio e nos obrigando a mergulhar fundo. Acho melhor tomar mais uma cerveja e tentar imaginar quando volta o futebol para podermos ver, juntos, um jogo do Galo. E fazer a nossa primeira viagem, que também pode ser a última, porque em qualquer momento um de nós pode não estar mais aqui. Essa ideia de partir para sempre nunca esteve tão perto da gente. Sabe de que eu tenho mais medo nessa doença? Do respirador. Qualquer um de nós que for contaminado corre muito risco. Não há escapatória. Só nos resta ficar quietinho aqui no nosso canto e esperar que esse inferno não demore muito a passar. Mas, sabemos todos, para nós só passa quando houver vacina. Ponto final.

A única coisa que podemos fazer, efetivamente, é rezar para descobrirem logo uma vacina. Rezar, Vicente? Será que isso tem mesmo alguma força? Eu sempre acreditei que sim, Pepe. A oração conforta, fortalece. Eu penso que se não fosse pelas orações não teria dado conta de muitas situações em minha vida. Ou, pelo menos, a oração e a fé contribuíram para que eu enfrentasse com mais coragem as adversidades. Eu entendo o que você está dizendo. Deve ser muito bom ter essa crença, mas para mim não dá. Vamos imaginar tudo isso que a gente acabou de falar, das merdas que as pessoas são capazes de fazer. A fé não segura o lado medonho do ser humano. Esse, sim, tem força. Fica contido, fica guardado, enfiado em algum canto dentro da gente, mas se tiver de sair, vai sair. Se Deus existe, é certo que o demônio também existe. Concorda, Vicente? Concordo. Mas isso não é a luta do bem contra o mal? Deus de um lado, o demônio do outro, o ser humano no meio. Não sei se é exatamente assim. O mal e o bem estão dentro da gente, não é coisa de Deus, nem do diabo, é coisa do homem, do humano. Mas sem cogitar a presença de Deus, a gente não dá conta do mal. Claro, exatamente porque o mal está dentro da gente. Aí, pedimos ajuda para suportar. No fundo, no fundo, sabe o que eu penso? A existência de Deus é a desculpa que arranjamos para ocultar o diabo que está dentro de nós. Em cada pessoa tem um monstro, um sapo roncador que fica bem lá no fundo. A reza nos defende da loucura. Atua na busca de um equilíbrio entre o bem e o mal, é isso.

12

Acho que fiquei impressionado com a conversa do Pepe sobre religião ontem. Eu não concordo com nada daquilo. Penso que a fé tem um lugar nobre na alma humana e acreditar em Deus sempre foi importante para minha trajetória, me deu força. Mas acabei tendo um sonho muito estranho. Eu era criança e caminhava por uma estrada de mão dada com uma pessoa que me pareceu ser um anjo. Não dava para saber o sexo, nem a idade, nem para ver o rosto com clareza. Ela usava roupa branca, como uma batina. Eu sentia que estava sendo conduzido e sentia-me feliz por isso. De repente, o tempo mudou, ficou escuro, o céu foi inchando, como acontece antes de chuva forte. Veio uma nítida sensação de que alguém vinha pela retaguarda, mas não era possível ver nada quando eu me virava. O anjo que me conduzia apertou o passo e eu o segui. Estávamos quase correndo quando aquele que nos seguia apareceu. Era um homem alto, forte, bem vestido, educado, perfumado. Passou a andar ao nosso lado, em silêncio. Retomamos o ritmo anterior e fomos os três, lado a lado. Eu ia no meio. O homem segurou a minha mão, mas a dele era insuportavelmente fria e úmida. Tentei soltar, mas ele foi apertando, apertando. Minha mão doía, eu olhei para o anjo e olhei para ele. A boca do homem começou a alargar, alargar... Ele começou a soltar um grunhido. O anjo olhou, assustado. O homem perguntou para ele: 'Você sabe quem eu sou, não sabe?' O anjo ficou branco, branco, soltou minha mão e correu, correu, até desaparecer em uma curva da estrada. Eu fiquei em pânico, meu coração disparou e eu só pensava em me soltar daquela mão gelada que apertava a minha. O homem, então, parou de caminhar, soltou minha mão e pediu que eu olhasse para ele. A boca tinha voltado ao normal e ele sorria, sorria, com uma expressão doce, amiga. Eu não podia entender o que estava acontecendo, mas fui ficando calmo, calmo e sorri também. Ele não falou nada, tomou novamente minha mão, com cuidado e carinho, e da dele, agora, vinha um calor agradável. Retomamos a caminhada. O dia clareou novamente. Eu me sentia seguro e, olhando para ele, reparei que poderia, perfeitamente, ser eu mesmo quando chegasse à vida adulta, com um porte altivo, um tronco forte. Eu era um homem bonito naquele sonho. Fiquei confuso e perguntei: 'Afinal, quem é você? Por que o outro fugiu?' Ele respondeu com voz doce, mas firme: 'Eu sou aquele com quem aquelas figuras frágeis não podem. Elas não conseguem me enfrentar e fogem assustadas, como você viu'. Eu insisti: 'Quem é você?' Ele continuou sorrindo, em silêncio. Eu fiquei olhando para ele, admirado e esperando uma resposta, que não demorou. 'Você não me reconheceu? Sabe quem eu sou? Sou você, Vicente, sou parte de você. Sou a parte mais forte e destemida que você tem. Sou o monstro que você carrega aí dentro e que, quando você solta, é capaz de qualquer coisa. Sou a parte que fica escondida até de você mesmo. Sou o mal e o bem não pode comigo'.

Acordei com o coração disparado, o suor tinha molhado o lençol. Demorei a voltar ao normal. Eu tinha sonhado com o demônio ou ele apareceu para mim durante a noite. Você sonhou com o capeta,

Vicente. O que você entendeu? Não consegui entender, mas também acho que era o diabo em pessoa, principalmente por causa da boca alargada e do medo que o anjo teve dele. O cara me abandonou e se mandou estrada afora. Ele falou que é parte de você. Nesse caso, a gente carrega um diabo? Seu sonho é mais esquisito do que a conversa do Pepe ontem. Eu não tenho conhecimento de religião suficiente para entender a conversa, quanto mais o sonho. Você tem? Sabe, Custódio, eu fiquei confuso, porque o sonho me dá sinais de que minha fé não é assim tão inabalável. Será que a conversa do Pepe me deixou em dúvida? Fiquei muito intrigado com o medo do anjo, mas também com o jeito sedutor daquele capeta. Não tinha pés de bode, não fedia a enxofre, nada disso que a gente ouve falar. Parecia um homem bom, era bonito, bem apessoado, tinha um cheiro bom e me passou um sentimento de proteção. Como isso é possível, cara? O lado mau da gente será mesmo tão tentador? Por isso há tanta maldade no mundo? Se o diabo não fosse poderoso, os anjos cuidariam para que tudo ficasse em paz. Se há tanta maldade, tanta violência, tanta desavença, pode ser porque esse demônio sedutor consiga, muitas vezes, soltar-se das amarras dentro da gente. Não posso entender isso. Acho que tenho rezado pouco aqui nessa quarentena. Você não é como o Pepe, mas também não é de rezar. Não estou com boas influências e, do ponto de vista religioso, vocês não são boa companhia. Trate de rezar mais, então, para evitar que esse capeta apareça aqui em carne e osso para nos atormentar. Imagina se ele chegar no corpo de uma loura bonita e gostosa? Vai nos fazer quebrar a quarentena e colocar a vida em risco. Fica tranquilo, não vai aparecer nenhuma loura aqui. Só o Pepe mesmo. Ninguém mais vai nos procurar. Mas não seria nada mau se acontecesse isso. Uma gata para nos tirar dessa inanição. Valeria o risco. Ah, melhor nem pensar nisso. Se a gente não estivesse em isolamento, podia até ir à zona beber, divertir e alisar uma pele macia. Isso, Vicente, estou gostando de ver. Acho que o tal sonho te fez bem.

Eu tenho de admitir que, mesmo na minha idade, pensar que eu não posso ter uma mulher nos braços é bastante triste. Você costumava encontrar alguma? Sim, não com muita frequência, mas tinha uma amiga, também viúva, e vivíamos um processo de ajuda mútua. Periodicamente, a gente encontrava, tomava um vinho e eu dormia na casa dela. Não era amor, era amizade mesmo. Ela ainda é bonita. Boa, Vicente, pensava que você tinha dependurado a chuteira. Que nada, Custódio. Depois que inventaram o viagra não tem mais fim de linha. Dá para não passar vergonha. E você? Eu nunca parei. Tenho amigas, como você tem essa aí, mas também gostava de encontrar garotas de programa. O viagra garante e a internet é um bom canal para encontrar essas meninas. Com foto, valor do programa, tem muita opção. Agora estamos aqui, confinados. Só nos resta ver pornografia na internet. Você fica navegando em site de pornografia? Eu fico. Você, não? Fico também, não morri ainda. Quer dizer que, aos 70 anos, voltamos à adolescência, ao tempo de bater uma punhetinha. A que ponto chegamos. É a vida, meu caro, é a vida.

13

Pepe, na sua última visita você deixou o Vicente encucado com essa história de fé, de Deus e do capeta. Acredita que ele sonhou que o demônio era ele mesmo? Eu não sonhei que era o capeta, mas que o diabo está dentro de mim. É verdade, a gente tem mesmo o diabo dentro do que temos de mais íntimo. Hoje estou pegando mais leve. Eu também fiquei encucado e acho que exagerei. Não posso negar Deus assim, sem mais nem menos. Quem sou eu para fazer isso. Tudo que eu disse não passa de minha opinião, que pode não ter nenhum embasamento na realidade. Posso negar a minha fé, mas não a dos outros. É muita coisa que está dentro da gente e que não podemos compreender. Essa é uma verdade incontestável. Somos pequenos demais.

Eu tenho pensado nisso de ser pequeno, mas não no sentido religioso. No sentido humano mesmo. Olhando para trás, vejo que nunca contribuí com a coletividade. Ganhei dinheiro, mas não consegui ser amado. O saldo não é muito positivo. Em que você é diferente da gente? Ora, Pepe, você é um sindicalista, lutou pela sua categoria, pelos seus iguais. O Vicente sempre foi um bom samaritano, participou de projetos sociais. Eu só cuidei de mim. O Vicente deve ter a consciência dele em paz, pela reza e pela ação social. Orou, pediu por ele, pela família e pelo próximo. Ele é mesmo o Aramis, candidato a frade, capaz de voltar seus pensamentos a Deus. O Pepe é Porthos, até por se grandalhão, vaidoso, elegante, indiscreto, mulherengo. Mas tem esse lado sindicalista, que talvez seja uma forma de oração, uma vez que se dedica ao outro. Vocês fazem o bem sem olhar a quem, eu sempre fiz muito mais mal aos outros.

Talvez a luta sindical tenha revelado o meu melhor lado. Realmente, eu me esforcei muito, procurei conquistar benefícios para os outros servidores públicos e participei da luta sindical em um sentido mais amplo. Meu sonho era contribuir para melhorar as condições do trabalhador, de todo trabalhador. Participei de batalhas vitoriosas e de outras nem tanto. Envolvi-me muito na política partidária, procurando ter consciência do que estava acontecendo e conscientizando outros trabalhadores. Fui tentando, tentando. Até desistir, quando senti que estava sendo colocado para escanteio, sem ter conseguido nada significativo como resultado de minha luta de anos e anos. Sabe, para não perder a piada, vou ditar a vocês meu epitáfio. Providenciem para que seja realidade depois de minha morte, se eu for primeiro. Deve ser assim: "Aqui jaz um homem que começou pensando em mudar o mundo. E terminou esperneando para conservar as pregas". Podem rir, se quiserem, mas é a pura realidade. Se a gente não ficar esperto, se não tiver persistência e resistência, acaba sendo cooptado, vai se corrompendo, perdendo os escrúpulos, fica incapaz de resistir. Ai, meus caros, lá se vão as pregas. Então, no final, conservá-las acaba sendo prova de sucesso.

Você chegou a ter algum mandato político, Pepe? Não, só mandatos sindicais. Uma vez, há muitos anos, decidi disputar uma cadeira na Câmara de Vereadores. E aí? Foi uma das maiores decepções de minha vida. Tive muito menos votos do que imaginava e jurei que nunca mais entrava nessa furada. Gastei dinheiro, fiz dívidas que eu custei a pagar depois. E não ganhei nada.

Bom, meus amigos, acabei de receber uma mensagem e vou deixar vocês. Você tem ido a outros lugares, Pepe? Disse que só vinha aqui. Estávamos tranquilos com sua companhia, mas se você tem frequentado outros ambientes, estamos em risco. Fiquem relaxados, em todo esse tempo, não visitei mais ninguém. Cumpri o combinado. É só encontrar vocês, ir ao supermercado e à farmácia e ficar com a Lena. Na verdade, é ela quem vai mais às compras. Quando não estou com vocês, fico quieto em casa. Só que você recebeu uma mensagem e tem pressa de sair. Que história é essa? Bom, não posso esconder de vocês. Vou encontrar uma moça. Você vai fazer isso? E se pegar o vírus? Acho que não tem perigo. Ou melhor, risco sempre tem, mas a mulher me garantiu que tem ficado quieta em casa. Quem é ela, alguma amante? Meio namorada, meio garota de programa. Diz que gosta de ficar comigo, mas percebo que aprecia mesmo é o dinheiro que deixo quando vou embora. É jovem? Muito jovem. E bonita. Se ela faz programas, deve encontrar outros homens. Acho perigosa essa aventura sua. Tenho de arriscar. Acredito que vai dar tudo certo. Ela não mentiria para mim.

Engraçado, você que tem mulher em casa vai atrás de outras. Nós dois, que não temos, ficamos quietinhos aqui. É a vida, meu caro. Fala mais dessa moça. Você lembra o que é uma mulher gostosa? Então, é ela. Vou passar a tarde no apartamento dela e nem preciso dar desculpas quando chegar em casa. Naturalmente, Lena vai pensar que eu estava aqui. É engraçado, nessa idade fazendo alguma coisa escondida. Pepe, tem um problema, você encontrando com essa moça, o risco tem de ser só seu. Quando você vier aqui, se por acaso estiver contaminado, vai infectar nós dois, que estamos guardando o isolamento com seriedade. Não se preocupem. Já pensei nisso desde a hora em que decidi fazer contato com a menina. A partir de hoje, vou contar 14 dias antes de voltar a ver vocês. Só vou colocar a Lena em risco, mais ninguém. Mesmo assim, vou manter distância dela, não é difícil, a gente tem interagido pouco. É cada um no seu canto, debaixo do mesmo teto. Depois que eu chegar em casa hoje à noite, não saio mais. Você não fica culpado por expor sua mulher a risco? Ah, quer saber, não tenho nenhuma culpa em relação a Lena. Nós já fizemos muito mal um ao outro. Tudo que eu fizer de ruim com ela terá sido merecido. E a recíproca é verdadeira. Lena e eu estamos juntos muito mais graças à indiferença do que ao amor.

14

Vicente, perdi o sono durante a madrugada e fiquei pensando: pela lógica, se não descobrirem logo uma vacina para nos defender desse vírus, talvez nunca mais a gente tenha uma mulher nos braços. Percebe como isso é triste? Não poderemos abraçar, beijar, tocar, pelo risco de ser contaminado. Na nossa idade, contrair o vírus significa correr risco de morte. É a mais pura verdade, Custódio. Pelo menos você teve muitas mulheres. No meu caso, não foram tantas. De fato, tenho muitas de que me lembrar. Sabe que às vezes faço isso? Deito em minha cama e fico pensando nas mulheres que tive nos braços. Há algumas que deixaram mais saudade. É curioso. Às vezes, não consigo lembrar o nome da pessoa. Outras vezes, não há como saber do rosto dela. Me angustia lembrar de uma mulher sem rosto, ou sem nome. Mas do corpo nunca me esqueço. Lembro de detalhes. Como é lindo um corpo feminino. Eu também recordo, também tenho dificuldades para reconstituir o rosto na minha memória e esqueço nomes.

As lembranças estão aí, Custódio. Mas sabe do que tenho mais saudade? Das mulheres que eu não tive. Como assim? Esquisito, né? Sinto falta da mulher que não esteve abraçada ou deitada comigo. Você fica pensando nas mulheres que você não comeu? Isso mesmo. É um sentimento de falta, sabe? É um buraco dentro do meu peito, essa saudade do que nunca aconteceu. De fato, parece estranho. Mas ouvindo você falar, percebo que também tenho essa lacuna. Foram várias que eu desejei e, pelas circunstâncias, acabei não comendo, por várias razões. Elas não quiseram, eu acabei desistindo com medo de arranjar problema, a pessoa era casada e eu tinha medo de ser apanhado, ou era mulher de amigo. Por uma razão ou por outra, houve várias oportunidades perdidas. No meu caso, a dor tem uma causa principal: quase sempre foi por falta de ousadia minha que não comi. Tenho de falar rasgado agora, até o linguajar. Chega de guardar esse pudor, que não faz mais sentido aos 70 anos. Não comi, porque tive medo, não por causa da dor nas costas que me persegue hoje. Pode rir, que eu também estou rindo por dentro. Tive até uma ideia, um passatempo: tentar fazer uma lista das mulheres que desejei e não tive nos braços. Agora mesmo estou me lembrando de algumas. Então, Vicente, você teve poucas não foi por falta de vontade, foi por falta de coragem? Exatamente isto. Eu me contive, por insegurança, por um falso pudor. Mas a fantasia corria solta. Imaginava o corpo de cada uma dentro do vestido. Não pratiquei tanto quanto quis por obras, mas por pensamentos me esbaldei. Por palavras também não pequei, porque nunca falei disso com ninguém. Até comigo mesmo falei muito pouco. Na minha idade e aqui escondido desse vírus, não tenho mais o que ocultar, principalmente de mim mesmo. Pelo menos em pensamentos vou tomar cada uma delas nos braços neste apartamento onde fazemos confidências aos velhos amigos.

15

Recebi hoje mensagem do Pepe. É dirigida a nós dois. Leia você mesmo:

"Meus amigos, eu sei que vou fazer inveja em vocês, mas aquela tarde foi sensacional. A menina estava excepcionalmente carinhosa. Talvez tenha ficado comovida com o fato de eu ter interesse em procurá-la em pleno tempo de pandemia. Ela chegou a me dizer que ficava agradecida por eu confiar nela. Derramou-se em carinhos. Eu levei vinho e queijo, que comprei a caminho da casa. Ela trajava um vestido apertadinho, que permitia imaginar o que ele escondia. Eu já conhecia aquele corpo, mas era como se fosse a primeira vez. Primeira vez em um sentido amplo. Eu fiquei ansioso, emocionado mesmo. Como se nunca tivesse vivido uma situação igual. Não sei, mas pode ser que o fato de ser esse tempo de isolamento tenha tornado a aventura mais emocionante. Era uma transgressão, uma quebra do confinamento, quase uma travessura, uma traição, uma coisa errada que menino faz e esconde da mãe. Eu me diverti pensando que Lena estava em casa sem nem imaginar que eu ia traí-la como nos melhores dias."

"Não vou negar que me deliciei também pensando que vocês dois estão aí vendo pornografia na internet e eu com aquela mulher monumental nos braços. Não vou contar detalhes do que fizemos, mas lembrei daquela história de que 'mulher nova, bonita e carinhosa faz o homem gemer sem sentir dor'. Não tenho mais a vitalidade e a virilidade de tempos atrás, mas no íntimo eu me sentia um garanhão. Não falo isso para contar vantagem, que vocês têm a minha idade e sabem bem o que isso significa e quanto a passagem dos anos pesa. Falo para que vocês tenham ideia de como eu me sentia bem nos braços daquela morena de pele macia. Sabe o que mais eu pensei? Que se eu saísse dali contaminado pelo coranavírus teria valido a pena, porque eu poderia muito bem ser tratado e sobreviver. Saí da mesmice da quarentena e da velhice para me sentir vivo e ativo. Agora, é esperar passar os dias até poder voltar a frequentar nosso bunker, para contar mais sobre essa aventura de uma tarde de quarentena. Abraços. Pepe"

Esse Pepe é um safado. Ainda vem fazer inveja na gente. Sacanagem.

16

Custódio, hoje eu que recebi mensagem do Pepe. Veja:

"Vicente e Custódio, meus fraternais amigos, não tenho boas notícias. Passados alguns dias do meu encontro com aquela doce morena, comecei a sentir uns sintomas parecidos com os que a gente vê no noticiário. Tive febre, coisa que não acontecia comigo há anos. Pensei: 'isso é psicossomático'. A tosse, imaginei, devia ser porque estava resfriado. Mas aí veio a falta de ar. Não tive alternativa senão procurar um hospital. É da enfermaria que escrevo para vocês. Fiquei internado, em isolamento. Estou aguardando o resultado do teste que fiz hoje. Pode até ser que a causa seja outra, mas meu sentimento é que fui mesmo contaminado pela gostosinha. Ela me enganou. Não estava em isolamento. Certamente continuava atendendo a seus clientes e eu fui só mais um. Jovem como é, deve ter imaginado que não pegaria a doença. Pode ter entendido isso, já que não é muito atenta a noticiário, a preocupação dela é a beleza do corpo, vaidade pura. Não percebeu que poderia não ter sintoma algum – como não tinha – mas transmitiria o vírus. Não sei se sabia que no corpo de um homem de 70 anos a conversa é outra. Agora estou aqui, ansioso pelo resultado do exame e pela evolução desses sintomas. Lamento informar que não estou otimista. Fraquejei e pago um preço, alto. Só para não perder a piada, se tiver chegado a minha hora, não se esqueçam do meu epitáfio"

Caralho, ele pegou a merda do vírus. A tal menina carinhosa é uma grandissíssima filha da puta. Feriu de morte o nosso amigo mosqueteiro. A estocada dela foi em região de alta letalidade. Atingiu com sua espada o coração, ou o pulmão. O Pepe está correndo risco de vida por causa da falta de cuidado. Não resistiu à tentação de tocar o corpo de mulher jovem. Devia ter ficado quieto em casa, com a Lena. Pepe, Pepe, você fez bobagem.

17

Custódio, ligo para o telefone do Pepe e ninguém atende. Dá que está fora de área. Será que está descarregado? Será que ele foi intubado, em uma UTI? Esquecemos de perguntar em qual hospital ele está e não temos o contato da Lena. É um absurdo que nosso único elo com ele seja o telefone celular. Não sabemos o endereço, nem o telefone da mulher dele. Não temos como conseguir notícias do nosso amigo. Estou muito apreensivo. Verdade, Vicente, esse silêncio não é um bom sinal. Confesso que estou muito ansioso, mas não tive coragem de falar nada com você, porque tenho medo da resposta, quando ela vier. Eu também estava sofrendo calado, porque somos vividos o bastante para saber que as notícias, quando chegarem, não serão boas. Nosso amigo está em maus lençóis. Fico imaginando que ele está intubado, sedado, respirando graças à engenhoca ligada ao corpo dele. Não sabemos sequer se Lena também foi contaminada. Se algo acontecer a ela, talvez a gente nunca fique sabendo o que houve. Talvez a gente nunca mais tenha notícia do nosso bravo mosqueteiro Porthos. Sei que ele é forte, um touro, mas esse vírus não tem respeitado muita coisa. A situação não é boa, meu amigo, a situação não é boa.

18

Vicente, depois de tantos dias, chegou mensagem do Pepe. Vamos ler juntos:

"Boa tarde, Custódio. Quem escreve é Lena, esposa do Pepe. É com muita tristeza que comunico o passamento dele. Pepe faleceu há três dias, depois de ser intubado por causa da doença que tanto tememos e de passar dias na UTI. Eu não estava entendendo como ele tinha contraído o vírus, pois dizia que só saia para visitar os velhos amigos de juventude. Eu não tinha o contato de vocês dois e admito que fiquei achando que aí, onde se encontravam, é que tinha acontecido a contaminação. Imaginava que vocês estavam levando mulheres para fazer companhia aos velhos amigos nas tardes que passavam juntos. Pepe sempre retornava feliz, com bafo de álcool. Os encontros faziam muito bem a ele e eu ficava contente com isso. Éramos dois velhos que mal faziam companhia um ao outro. Ele deve ter falado com vocês sobre nosso relacionamento, porque me contou que, quando estava aí, fazia confidências como nunca tinha feito na vida. Dizia mesmo que, pela primeira vez, sentia-se totalmente verdadeiro ao lidar com as lembranças, os pensamentos e as emoções."

"Quando ele precisou ser internado, eu já sentia os sintomas, mas por alguma razão que não vou saber explicar, eles não se agravaram. No hospital, aconselharam que eu ficasse em casa, em isolamento total, aguardando a evolução da doença. Fui informada do teste positivo do Pedro Paulo e aguardava a minha vez de ser internada, odiando todos vocês. Mas não aconteceu. Passados alguns dias, comecei a melhorar gradativamente e hoje sinto-me bem, quase normal. O vírus que matou o Pepe me poupou. Vou seguir minha vida sozinha, chateada, porque agora sei o que realmente aconteceu. Não fui ao sepultamento dele por ser uma impossibilidade, como parte do grupo de risco, e porque não tinha vontade, aborrecida que estava por acreditar que vocês tinham quebrado a quarentena."

"Só soube o que tinha acontecido quando, do hospital, devolveram os pertences que o Pepe levara, incluindo o telefone, logicamente. Pepe e eu nunca nos preocupamos em colocar senha no aparelho, porque de há muito não observávamos a vida do outro. Eu nunca tive curiosidade de bisbilhotar o conteúdo do telefone dele. Penso que ele também não se ocupava de examinar o meu. Pelos registros no celular dele, nas mensagens que mandou para vocês, eu soube que ele tinha quebrado a quarentena com uma moça conhecida dele. Foi ela que contaminou o meu marido. Não sinto raiva dela, O que me impressiona e me faz mal é o fato de ele ter sido tão ingênuo, a ponto de achar que a mulher estava guardando quarentena. Eu devia ter desconfiado de algo, porque ele ficou muito quieto em casa. Perguntei se ele tinha brigado com vocês e ele falou que estava dando um tempo, mas que logo voltaria com os encontros. Ele me contava que as conversas aconteciam em torno de uma mesa, inclusive guardando distância entre os três. Eu gostava da ideia do "na mesa", porque imaginava que era uma boa metáfora para o fato de vocês se fazerem confidências. Apesar de muito aborrecida com as circunstâncias que levaram meu companheiro de tantos anos, comemoro o fato de ele ter encontrado, com vocês, a possibilidade de tratar do que ia em sua alma."

"Pedro Paulo deve ter revelado, na mesa, que perdemos um filho ainda criança e que isso marcou profundamente nossas vidas, individualmente e como casal. No entanto, nunca sentamos à mesa, como vocês faziam, para falar sobre esse e outros assuntos. Vivemos juntos todos esses anos, sem abrir o coração um para o outro. Se ele abriu o dele para vocês, fico feliz. Vou tentar guardar as lembranças melhores daquilo que vivemos juntos. E procurar não recordar o que houve de ruim. Assim vou seguir meus dias em paz, esperando a minha vez e agradecendo por ter superado a Covid19 sem maiores sofrimentos. Não pensem em me visitar. Não por causa de contaminação, porque devo ter anticorpos. É porque não quero conhecer vocês pessoalmente. Prefiro ficar com a imagem que fiz de cada um, o Vicente-Aramis e o Custódio-Athos. Eu tinha a descrição de como vocês eram. Fiquei curiosa para saber por que o Pepe era o Porthos. Comprei e li Os Três Mosqueteiros. E fiquei surpresa quando percebi que o Pepe era mesmo muito parecido com o Porthos que Alexandre Dumas criou. Os outros dois – Aramis e Athos – também se pareciam com a imagem que Pepe trouxe de vocês."

"Por favor, guardem a melhor imagem de Pepe. Apesar de tudo, acredito que fiz bem em ter continuado com ele pela vida afora. Com todos os defeitos, ele ainda era melhor do que a média dos homens que conheci. Pensem nele para não cometerem a imprudência de quebrar a quarentena de forma tão imprudente, como ele fez. Até a chegada da vacina ou da cura, cuidem-se, para permanecerem vivos. Com carinho, Lena".

19

Vicente e Custódio terminaram a leitura, que fizeram em silêncio, aos prantos. Ambos soluçavam. De pé, frente a frente, olharam um para o outro. Até se abraçarem como nunca tinham se abraçado. Continuaram chorando, como nunca tinham chorado. Os três não viajariam juntos, Pepe ficaria sem o epitáfio que queria e não se sentaria mais com eles. Até o final da pandemia, ou dos dias deles, um lugar ficaria vago. Athos e Aramis não teriam mais a companhia de Porthos. É a vida.

1ª edição [2021]

Esta obra foi composta em Chronicle Text G1 sobre papel Pólen Bold 90g/m² para a Quixote+Do Editoras Associadas.

#delivros